陆少明 / 著

星外小人国奇遇记

上海社会科学院出版社
SHANGHAI ACADEMY OF SOCIAL SCIENCES PRESS

写给小读者的话

亲爱的小读者,当你专心于学习或热衷于一些自己的兴趣爱好之时,你是否想过我们地球之外也许有生存着其他生命的星球?

生活在信息化时代的你,是否思考过人类以前创造的文明已彻底"过时"?是否想过,我们也许可用我们的祖先创造的古老文明来帮助其他星球的"兄弟姐妹"?

本书将为你开启一个奇妙、有趣、温馨的星外小人国之旅。

本书的主人公小铭阳在学习了历史课上的原始农耕知识后,断定那些农耕知识已"过时"。但一次偶然的事件,让他和智能机器人莫塔一起被乌云黑洞卷进了还处于原始社会的星外小人国。他在那里历经了一年磨难,最后改变了原来的偏见。

面对处于原始社会的小矮人,作为"巨人"的地球人小铭阳,不是以强欺弱,而是以助人为乐的精神,以大爱之心虚心地向储存原始技能信息的机器人莫塔学习原始社会生存知识,并活学活用,帮助小人国中的黑脸、白脸和黄脸三种肤色的小矮人渡过各种难关，逐渐让他们走上文明之路。

经历了各种坎坷和奉献了他的爱心与智慧后，小铭阳还被小人国的百姓立为大王。返回地球后，小铭阳成为农耕文化的传播者，他的现身说法，赢得了很多同学的共鸣，让他们感悟到人类历史文化是不能被割裂、抛弃的。

小说以超越时空的想象力，构架了同一宇宙中不同世界的多维时空，巧妙展现了主人公小铭阳在小人国面对恶与善、勤与懒、离与合的多种两难抉择时表现出的智慧，并最终领悟到宇宙中有无数个世界，而任何时代的文明，在一定的条件之下都有它的可取之处。在今天看来已经落后的古老文明在其他星球也许仍有作用。

让我们在科幻的世界中展开想象的翅膀，跟随主人公穿越星空，使我们的学习更有趣、生活更美好、人生更精彩。

陆少明

2019 年 8 月

目 录

写给小读者的话 ………………………………… 001

第一章　　傲慢的小铭阳 ………………………… 001
第二章　　在乌云黑洞中挣扎 …………………… 007
第三章　　在汹涌的海上寻找希望 ……………… 012
第四章　　在果树飘香的小岛上 ………………… 018
第五章　　走进小人国 …………………………… 023
第六章　　帮白脸小矮人要回被抢的孩子 ……… 030
第七章　　帮小矮人赶走凶恶的狼群 …………… 037
第八章　　当上小人国"国王" …………………… 048
第九章　　拯救危难中的母熊 …………………… 056
第十章　　暴风雨中的考验 ……………………… 064
第十一章　避险洞中的生存智慧 ………………… 075
第十二章　迁徙中智打老虎 ……………………… 082
第十三章　穿越滴水洞 …………………………… 090

第十四章	疏通河道	099
第十五章	有趣的舞蹈演出	113
第十六章	在欢乐的路上	119
第十七章	误闯"女儿国"	125
第十八章	加入防守团	134
第十九章	整顿军纪	141
第二十章	机智阻止入侵	149
第二十一章	返回家园后传播古老文明	154

第一章
傲慢的小铭阳

太阳从东边群山背后慢慢地露出了笑脸。万丈光芒与山谷中冉冉升起的晨雾相遇，形成了五光十色的光环。鸟儿们开始欢乐地吟唱，在树林中忙碌地展开翅膀来回穿梭，寻找它们爱吃的食物。大自然就这样编织出一幅美丽祥和的画卷。不久，和煦的阳光射进了淡蓝色湖边的巨大圆形玻璃房中。不！确切地说，那是一个神奇又特别的场所。

"小铭阳，农耕时代有哪些特点？"

立在玻璃房中间的几米高的圆形显示屏上出现了这样一个提问，一个清脆悦耳的声音在催问小铭阳同学。

原来，这既是小铭阳的家，也是他的学校。他可以在自己的家中接受来自远方老师的视频直播教学。那位负责小铭阳历史课的女老师名叫艾丽，是专门由学校派给三年级小学生铭阳开展个别教育的教师。

"我们现在已到'仿真智能人时代'了，远古的'农耕时代'文明可与我们说再见了！"小铭阳不耐烦地回答道。

"为什么呢？"屏幕上的艾丽老师睁大眼睛问道。

星外小人国奇遇记

第一章　傲慢的小铭阳

"那是遥远的时代,那些知识都已过时了!"小铭阳噘起小嘴回答道。

"可文化需要传承啊!我们现在的文明是建立在前人的文明基础上的!"艾丽老师开导他。

"可我的仿真智能机器人莫塔都能回答你这些问题啊!她既是我的妹妹,也是我的百科全书!"小铭阳用手指着身边黑发飘逸的小女孩莫塔说。

"先秦时期中国民间流传的《击壤歌》有云:'日出而作,日入而息,凿井而饮,耕田而食。'农耕时代的主要特点有:饲养家畜、制造陶器、使用打制石器、用耒耜耕地……"

莫塔外表是个小女孩,实则是个仿真智能人。她像背课文一样回答完问题,眼睛微笑地看着老师。

"那你会什么呀?"艾丽老师问小铭阳。

"我会指挥我的仿真智能人啊,我要学习她不会的知识和技能……"小铭阳骄傲地抬着头,小手指着莫塔大声说。

"你总有一天会明白,我们人类要迈出的每一个脚步都离不开前人知识的积累,今天的课就到这儿吧,下课了!"

"现在可以玩啦!我要像风一样飞了……"艾丽老师的话音刚落,小铭阳就展开双臂做出一副鸟儿展翅的样子"飞"起来。

走出圆形玻璃房,小铭阳用右手拉着莫塔的左手轻快地走进了停放在紧靠湖边的"会飞的秋千船"。他按下船头的按钮,"会飞的秋千船"就像风筝一样随风飘了起来,浮在空中忽左忽右,荡漾在湖的上方。

船的左右也有一对控制平衡的翅膀,小铭阳很喜欢这种随风飘摆的设备,一有空,只要天气好,他就来玩,让自己飘在这美丽的大自然中,随风摇摆。

现在的小铭阳坐在船的前面,莫塔则坐在后面,他俩玩得正欢。但好动的莫塔可不是个"听话的孩子",她展开翅膀像蜜蜂一样时而飞到小铭阳的前面,时而飞到船的两边,不亦乐乎。小铭阳陶醉了,美妙的歌声从他的口中缓缓传出:

微风吹,
船儿飘,
我像秋千左右摇,
心儿跟着风儿跑。

微风吹,
荷叶舞,
吹得清香四逸散,
心随清香享飘忽。

微风吹,
湖水漾,
吹得湖水闪金光,
心儿跟着波光荡。

微风吹,
鸟儿翔,
四海为家自由行,
心儿伴着鸟飞扬。

"太阳不见了,我们快回去吧!"莫塔看到太阳躲在云朵后久

第一章　傲慢的小铭阳

久不肯出来，便飞回到自己的座位上提醒小铭阳回家。

"我玩得正来劲呢！山间的气候就是喜欢捉迷藏，你要玩，它就要下雨；你要走，太阳又从乌云后面露出笑脸，我再等等吧！"

小铭阳仍在享受着"会飞的秋千船"带给自己的飘逸感觉，草草应付地回答了一声。

又过了一会儿，空中的乌云开始多了起来，但还有少量的云隙光，让人感到乌云会随时散去的。

"乌云多了起来，看来要刮风下雨了！"着急的莫塔不断地催着小铭阳回家。

"也许乌云马上会散去呢！"小铭阳固执地说。

他头也不抬地继续陶醉在由"会飞的秋千船"带来的快乐中，似乎自己生活在一个与世隔绝的独立王国中。但乌云却好像与他过不去似的，刹那间，云隙光也不见了，天一下子暗了。

小铭阳本能地抬头一看，只见乌云一片接一片，望不到头，像一块大黑布遮住了美丽的天空。

"鱼跳水，要下雨了，我们回家吧！"当莫塔听到湖水中鱼跳水的声音后，随即对小铭阳说。

开始着急的小铭阳按了一下船头的按钮，却发现船原地不动，不听自己的指令。

"1、2、3，1、2、3，……看你听不听我的指令。"小铭阳真的着急了，不停地用手指按前方的按钮。可"会飞的秋千船"却一改以往听话的模样，傻傻地待在那儿。

风没有来，雨也没有下，荷叶池边上的湖水也平静得像一面大镜子，空气一下子凝固了。

"不好，有黑洞！"小铭阳从湖面的倒影中看到天空慢慢出现

了一个由层层黑云呈 S 形旋成的黑洞。它深不见底，像一双魔爪伸向他的"会飞的秋千船"，小铭阳惊吓得两眼发直，连说："莫塔，请发出求救信号 SOS！"

"明白！"当莫塔听到小铭阳声嘶力竭的惊恐声后，不慌不忙地用手指按了一下自身的求救信号装置。在遇到紧急情况时，智能仿真机器人的确比人类要冷静得多。求救信号通过电波传向了小铭阳的父母。

"铭儿，你在哪里？"

不一会儿工夫，爸爸妈妈和接警的两名当地警察很快赶到了出事地，四处寻找小铭阳和莫塔的下落。可奇怪的是，那里不见他们的踪影，仿佛什么事都没有发生过一样——平静的湖面、蔚蓝的天空，还有一些美丽的黄嘴白鹭时而在莲花上方轻摆翅膀，时而在荷叶上从容不迫地漫步……

"这里到底发生了什么，他们去哪儿了？"爸爸妈妈一脸困惑地看着同样表情的两位警察。

第二章
在乌云黑洞中挣扎

当小铭阳睁开眼睛恢复记忆时,发现莫塔抓着他的右手,在不断地呼唤自己。

"我在哪里啊?"

小铭阳前后左右环视一遍,疑惑地问。

"在乌云黑洞里,你忘了吗?"

是的,他的确忘了。当"会飞的秋千船"被卷进乌云黑洞的一刹那,不知是因为太害怕还是黑洞有神秘的魔力,他一下子失去了记忆。

"可我现在坐在五颜六色的圆形气球里,温暖又舒服,一点也不像是处于魔鬼般的黑洞中呀!"小铭阳一边回答一边定神看了一下自己的脚下,发现自己还坐在"会飞的秋千船"上,只是有一个五彩球以"会飞的秋千船"的长度为直径,形成了一个对外会发射彩光的神秘透明球。

顺着彩球射出的光线,小铭阳发现自己在向望不到边的前方飞驰着。聪明的莫塔一点也没有说错,他们确实还在黑洞里,但没有像想象中那样,被可怕的乌云黑洞所吞噬。

第二章　在乌云黑洞中挣扎

"呜呜……"

当想到自己亲爱的爸爸妈妈一定正在发疯地四处寻找着自己,却又无法找到的痛苦时,小铭阳情不自禁地哭出了声音。

"哭有什么用?遇到问题要想办法应对才是上策呢!"

莫塔话音刚落,小铭阳哭得更伤心了,因为爸爸的话语又在自己的耳边响起。

"你是我最爱的宝贝,出去玩爸爸不在身边时一定要听莫塔的话,因为她是我的智能机器人创作团队智慧的结晶,遇到危险,她会及时提醒你、指引你的……"

此时的小铭阳非常后悔没有认真对待莫塔的提醒,以致错过了逃离黑洞的最佳时机。

"在这个看似非常平静的世界里,出现一个突发事件可能会掀起巨大的波澜,处理不当会对你的人生产生致命的影响,所以一定要临危不惧,冷静应对,我的宝贝,你听清楚了吗?"

爸爸慈祥的笑容不时地浮现在小铭阳的眼前,忠告则不断地回荡在他的耳边。

"小铭阳,我们现在最重要的还是想办法逃离这个乌云黑洞,你觉得呢?"

"莫塔,你说得对,我听你的。"小铭阳一边擦去眼泪,一边向莫塔点点头。

他弯下腰,去按船上的驾驶按钮。可无论他怎么用力不停地按,按钮都像没电似的不听使唤。心急如焚的小铭阳迅速地跳跃到船头,用尽全力举起了右拳向彩色球体打去,他多么希望能打穿一个洞,让自己和莫塔逃离这个令他生惧的地方。可彩色球体却跟他开了一个玩笑,球体不但没有被打出洞,反而使他的整个身体弹到后方,之后又弹向前方,重重地摔在了船上。

这一次，小铭阳没有哭，他对莫塔说："相信我，我们最终会有办法回家的。"

"我相信你。"莫塔充满信任地朝小铭阳连连点头，这使处于绝望中的小铭阳看到了一丝生的希望。

此时，在小铭阳心里，莫塔已成为他唯一能患难与共的朋友，他非常感激她的存在。以前，莫塔无论陪他玩耍还是陪他学习，小铭阳总觉得她仅仅是爸爸为他制作的一个仿真机器人而已。如果哪一天心情不好，小铭阳还会对她随意地谩骂和讥笑。有一次，小铭阳叫莫塔帮他做自己不会的数学应用题，莫塔不作声，似乎在婉言拒绝他。火冒三丈的小铭阳对莫塔大怒："你这个不听主人话的机器人，今天非要教训你一下。"小铭阳拿起自己的数学书重重地向莫塔的头砸去。幸亏灵敏的莫塔闪过了，书落到了地板上。想到这儿，小铭阳真为那时自己的霸道感到羞愧。

"妈妈，我真对不起您。"当小铭阳又想到自己把妈妈的忠告当耳边风，无比后悔，嘴中不断地重复这句话，他想起一段难忘的往事。

"妈妈快看，千姿百态的桃花绽放了，大自然真是太美了。"随着一阵微风吹过，桃花的香气迎面扑来，小铭阳情不自禁地对妈妈说。

那是今年四月的春天，小铭阳在妈妈的陪同下在自家门前的桃花岛上赏桃花。身处花香四溢的花海，小铭阳展开双臂在望不见尽头的桃花林中像小鸟一样来回穿梭。

"你要抓住眼前的大好时光，尽情地享受花海带给你的快乐，也许一两天后就看不到这美丽的景象了。"妈妈用温柔的右手轻轻地拍了一下小铭阳后，微笑地看着他调皮又可爱的小脸。

第二章 在乌云黑洞中挣扎

成千上万朵的桃花正在竞相开放,似乎都在咧着嘴笑,她们会突然停止绽放的脚步吗?当小铭阳听到母亲的话后,心里感到迷惑不解。

两天的狂风暴雨结束后,当小铭阳再到桃花岛时,令人赏心悦目的花海已不复存在,地上到处是散落的花瓣,给人以伤感和遗憾。

"孩子,你一定要记住:我们要以敬畏之心来对待大自然。当大自然风和日丽地向我们微笑时,我们可以拥抱她;当大自然狂风暴雨地发脾气时,我们要学会躲避。千万不要无视她的心情,与她对着干,否则会遭到惩罚的。"

当小铭阳耳边回荡起妈妈的忠告声,他非常后悔自己鲁莽的行为,"以后再遇到这样的事,我不能再固执己见,而要遵循大自然的法则"。

突然,一道雪白的闪电,"轰隆隆"的雷声一下子把小铭阳的思绪带回到眼前。小铭阳只感到全身在不断地摇晃,用双手紧紧抓住两边的船沿,他抬不起头,睁不开眼,胃难受极了,想要呕吐。

"我的宝贝莫塔,现在我们在哪儿啊?"

小铭阳用足了全身的力气呼喊着,希望自己的声音不被雷鸣声吞没,能让后边的莫塔听到。

第三章
在汹涌的海上寻找希望

老天好像跟小铭阳过不去似的,雷声仍然不断,掩盖了他的问话声。一道刺眼的白光把四周照得通亮,他赶紧借助闪电的亮光往外看,只见前方一个巨浪飞来,小铭阳身不由己地被摔来摔去。此时一种莫名的恐惧感加上身体的不适,让他感到有一种不祥的气氛笼罩着他。

鱼群似乎也害怕震耳欲聋的雷声,不时地跳出水面。有一条沾着海水的小飞鱼正好掠过小铭阳的上身跳到了船头。

"啊!这是大海,我怎么会被讨厌的黑洞带到这个糟糕的大海上呢,包围我们的彩球怎么也不见了?"

他想站起身去摸摸小飞鱼,一个大浪呼啸而过,无法站稳的小铭阳被打落到波涛汹涌的大海里。

"小铭阳哥哥,你在哪里?"

坐在船尾的莫塔看见小铭阳掉进大海不见身影时,着急地喊叫着。可阵阵风浪声和雷电声吞噬了莫塔的喊叫声,大海无情地呼啸着。此时的大海,让智多星莫塔也一筹莫展,只能呆呆地看着海面,希望奇迹能出现。

第三章 在汹涌的海上寻找希望

星外小人国奇遇记

当小铭阳掉进大海的一刹那,只感到身体凉飕飕的,并不由自主地不断往下沉。"啊——完了!看来这次不是要被惊涛骇浪淹没就是要被鲨鱼当美味的食物吃掉。"小铭阳感到自己的末日来临了。尽管他是一个游泳爱好者,但平时也只能在平静的小河里一展身手。在这个从未接触过又令人生畏的大海里,平时自我感觉良好的小铭阳早已失去了主见,慌了阵脚,等待着死神的召唤。

突然,他感到有一股强大的力量托住了自己,并不断地往上升。不一会儿工夫,小铭阳的半个身体露出了海面,他用力睁开眼往下一看,原来是一只海豚。是它,用它的身体把落水的小铭阳托上来的。

小铭阳着急地环顾四周,发现自己的船就在不远的前方,而坐在船上的莫塔则在反方向寻找着自己,他试图向莫塔呼喊,可怎么也喊不出声。

于是,他本能地想站起来,可一下子又从海豚的身上滑了下去,沉入海里,喝了满满一口咸咸的海水,难受至极。很快,那只见义勇为的海豚用嘴巴把小铭阳顶出了海面,并向那条船推送过去。这时,小铭阳用力地呼吸了一口新鲜空气。在那条善良的海豚的帮助下,顺势来到船边,翻入船中。当他向那海豚挥手致谢时,才看清那竟是一条白海豚。它微笑地向小铭阳望了一眼后,潜入大海,消失了。

小铭阳与莫塔紧紧相拥而泣。波涛汹涌的大海正慢慢恢复平静,刚才的狂风暴雨好像是一个噩梦,虽然可能会永久镌刻在他的心灵深处,成为挥之不去的阴影,但现在眼前美丽的大海又实在让他感慨万千。

夜幕中,平静的大海里倒映着一轮皎洁的弯月,还有数不清

第三章 在汹涌的海上寻找希望

的星星,她像一位美丽的姑娘那样,温柔而梦幻,刚才的噩梦似乎发生在遥远的过去。

"看,那些会游动的点点亮光是什么?"小铭阳困惑地问莫塔。

"那是在月光下,蜉蝣生物发射出的无数绿色光亮。"莫塔看了一眼后回答道。

"我们现在该怎么办呢?"小铭阳想到自己的父母在等着自己回家,脸上挂满了愁云。

"我们现在活着就好,没有被黑洞吞吃了就已经是万幸了。"莫塔看到小铭阳难过的样子安慰道。

"可我们怎么能回家呢?"小铭阳一想到自己被黑洞劫持到无名的大海上,看不到人类活动的迹象,就显得很无助。

不知过了多久,海面上闪烁的红色光影吸引了小铭阳的眼球。无边无际的大海闪烁着无数光芒,他抬头一看,原来是红彤彤的太阳正慢慢地浮出地平线,把海天交界处染成金光一片,随着微风吹过,海面波光粼粼。

一只只,一群群,应该说是无数只白色的小海鸥不知从哪儿飞了出来,贴近海面欢乐地飞翔。

活力无限的太阳、生机勃勃的海鸥让绝望中的小铭阳看到了一丝希望,但第六感觉又在提醒着他:海鸥为什么看起来都这么小呢?为什么看不到运输船和海船呢?我们到底在哪里呢?

突然,小船大幅度地摇晃起来。小铭阳本能地躺了下来,只见一条约两米长的白鲨跃出了海面,露出了大大的嘴巴,尖尖的牙齿。

"啊——是一条大白鲨!"对海洋动物感兴趣的小铭阳脱口而出。他从书本上了解到,鲨鱼这样的举动不是来吃人的,而是它

015

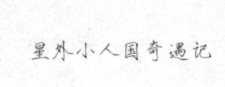

身上经常寄居的一些海蛎、海藻等寄生生物，使它很不舒服，于是它想通过在小船上蹭来蹭去，挠个痒痒。

此时，小铭阳已不那么害怕，反而有些兴奋，因为鲨鱼摩擦小船的声音让他感觉到自己还实实在在地活着，他相信鲨鱼是不会用大力气把自己乘坐的小船掀翻的。

鲨鱼撞击船只的声音引来了成群结队的海豚，它们很快就把那条白鲨往右边驱赶，让它消失在小铭阳的视线中。

"我要回家，往哪个方向开呢？"

小铭阳用手按了按船头的按钮，船居然又开动了。这条飞船可以天空和水面两用，并配有太阳能电池。然而，一望无际的茫茫大海还是让他不知所措，于是转头问莫塔。

"我只知道东西南北，但不知道哪边离海岸最近呀！"莫塔也一筹莫展。

"看，在我们船边跳跃的海豚，它们可以为我们指明方向，它们知道离我们最近的海岸。"

小铭阳一边激动地说，一边观望着小船两边的海豚，它们一边在护送自己，一边在海水中快乐地嬉戏——一会儿游向船的左边，一会儿游向船的右边；一会儿一条接一条地腾空跃起，形成一道道美丽的弧线，随后又潜入深蓝的海水中，似乎是在玩接力游戏。

"那我们就顺着海豚所游的方向行驶吧！"

小铭阳开足了马力，暂时忘了忧愁，唱起自己现编的歌曲——《到那燃起希望的地方》，开往心中的家园。

　　愤怒的雷声，
　　　可怕的风雨，

汹涌的大海,
让我的身心陷入绝望。

宁静的大海,
蓝蓝的天空,
善良的海豚,
是你们燃起了我生的希望。

浩瀚的星空,
茫茫的大海,
孤独的孩童,
哪儿能点亮心中的烛光?

亲爱的父母,
敬爱的老师,
美丽的家园,
是你们给了我勇气起航。

驾着船儿,
唱着歌儿,
使着劲儿哟,
奔向那燃起我希望的地方。

第四章
在果树飘香的小岛上

"瞧,远处有一大片绿茵茵的地方,那是一个小岛吗?"莫塔抬头眺望前方,突然发现有一个绿色的小岛。

"我已得了恐惧症,希望这次不要再遇到倒霉的事。"小铭阳回头用充满惶恐的眼神回答莫塔。

是啊!对可怜的小铭阳来说,今天发生的事件是他以往人生中从未体验过的,就是做梦都没有梦到过的事。他现在成了惊弓之鸟。以前再平常不过的生活,小铭阳现在却感到是那样美好,处在未知的迷茫世界中,以前的生活对他来说似乎是难以获得的奢侈品。他清楚地记得从前,当风和日丽时,妈妈就带他外出游玩,可当时的自己从不珍惜这样的美好时光,还想当然地认为这是日常生活,因此没有尽情地感受大自然的美好,现在想来自己真是太无知了。

海豚群不知何时不辞而别了,但小铭阳坚信这些善良的海豚肯定把自己送到了应到的地方。

"我们真的遇到了可以歇脚的绿色小岛吗?"

当由无数茂密树木覆盖的小岛变得越来越大,最终展现在他

第四章　在果树飘香的小岛上

们眼前时，小铭阳开始激动起来，但一些疑问随之从心头涌出：这儿有人居住吗？这个小岛安全吗？这儿能找到吃的吗？

带着期待、好奇、忐忑不安的心情，小铭阳驾驶着船靠近了它。

"哇，这个小岛上的树木为什么那么矮？"

岛上的树要比自己以前见过的树木都要矮一半。小铭阳心中的疑惑油然而生。

但此时的小铭阳不能停止前进的脚步，因为后面是变化莫测的茫茫大海，说不定何时就突然狂风暴雨，掀起万丈海浪，噩梦般的经历又将重演。

"莫塔，你能飞过去侦察一下前方的小岛吗？"

小铭阳一改以往骄傲的态度，回头用温柔的声音对莫塔恳求道。莫塔作为新一代的智能机器人，除了储备百科知识外，还具有人特有的情感以及保护主人的特殊功能，身体配有隐形的翅膀，在需要时可展开翅膀腾空飞起。

她当然深知眼前主人面临的困境，她要毫不犹豫地履行好小铭阳的爸爸赋予她的职责。

"好的，稍等片刻。"

莫塔话音刚落，身体两旁就展开了一双美丽的小翅膀，像蜜蜂一样在空中扇动，发出"嗡嗡"的声音。不一会儿工夫，她就到达了小岛上方，进入郁郁葱葱的茂密树林中穿梭。

"我带回了两个好消息：一是小岛上长满了很多矮小的果树，看不到危险动物，可以放心登陆；二是小岛不是一个孤岛，后方好像是一片陆地。"

莫塔飞回来，由于兴奋，迫不及待地一边摇摆着翅膀，一边把好消息告诉了着急的小铭阳。

第四章 在果树飘香的小岛上

"太棒了!"未等莫塔着陆,激动的小铭阳欢呼一声就靠了岸。莫塔像蜜蜂一样快速地摆动翅膀紧跟其后,似乎那是一个可以让远航而来的客人中途休息的梦中港湾。

踏上小岛后,小铭阳拉着莫塔,向茂密的树林行进。不久,漫山遍野的果树出现在他们眼前。这些果树一棵紧挨着一棵,大多数的高度只到小铭阳的头部。

"看,那些黑色和红色的树莓真好看,在绿叶丛中点缀着大自然,"小铭阳一边赞美,一边去摘晶莹剔透的树莓,"甜中带酸,比我家园子中的桑葚还要好吃。"

也许是饿的缘故,小铭阳感到树莓特别可口,吃完后又摘了许多。

当他抬头时又发现,前方缀满枝头的还有金黄色的橘子,黄灿灿的梨、小红灯笼似的枣……

小铭阳感到有一股暖流涌遍了全身,也许是吃进肚子的树莓给他提供了能量和活力,他的脚步变得轻快而有力。

在摘采到橘子、梨子和枣子时,小铭阳发现,虽然它们个头比较小,但味道却很甘甜。

"莫塔,你也尝尝这些甜美的水果吧。"不知吃了多长时间,小铭阳才发现莫塔正羡慕地在看着自己,于是本能地说了这一句话。

"我很想和你一样品尝这儿各种不同的水果,但我却不能。你明知道我是不食人间烟火,靠光来吸收能量,维持生命的。这么说莫非是要取笑我吗?"莫塔噘起小嘴,似乎很生气。

"我要向你说一声'对不起'了,我作为人类能享受美味,可你作为智能机器人却只能欣赏别人品尝美食,却不能参与其中,实在是遗憾啊!"

小铭阳很同情莫塔不能像人一样享受美味的水果。

"虽然我无法想象甜美的食物能给你的味蕾带来多大的快感,但我真的也很同情你,因为你消耗一定的能量后就要不断地去寻找食物来补充,看到你挨饿难受的样子,我真想把你变成和我一样的机器人,这样你就不需要为寻找食物而奔波了!"

莫塔终于把长时间隐藏在自己内心深处的话说了出来,并大笑了几声。

听到平时较为冷静、严肃的莫塔居然笑出了声,小铭阳也情不自禁地大笑起来,心想:我也想像多功能的机器人一样不为吃饱肚子而奔忙啊,可我没法选呀。如果我生活在这个长满水果树的海岛上,我也无须劳作,一辈子可以享用不尽大自然给我的恩赐……

"沙……沙……"

突然,小铭阳听到右侧有小动物的动静,本能地循声望去,发现有一只可爱的黄褐色的小野兔正在看着自己,但它好像并不惊恐,倒是很好奇地在打量着自己。

虽然小野兔比以前看到的要小近一半,但在荒无人烟的地方能见到可爱的小动物还是令小铭阳惊喜不已。见有人在注意自己,小野兔一转身向小岛中部跑去。好奇的小铭阳紧跟其后。断断续续地跑了约半个小时后,小铭阳已满头大汗,想好好地休息一下。一抬头,竟然发现小岛后面还有一片被树林遮蔽着的大陆。

"真是天无绝人之路,地有好生之德,原来天外有天,让人绝处逢生。到了那儿,只要那里有人居住,我们就有办法与家里人联系,返回自己的家乡了。"小铭阳用力擦了擦豆大的汗珠,兴奋地看着远处的大陆喘着粗气对莫塔说。

第五章
走进小人国

小铭阳和莫塔高兴地返回到小船,驾着船马不停蹄地向陆地驶去。不知是船开得太慢,还是太阳落得太快,当他们抵达目的地时已到傍晚。

只见太阳急性子地向天边落去,海面也被染成了红色,海风吹拂着海面,红色的晚霞和波光粼粼的海面已连成一体,分不清哪儿是天哪儿是海。

"这样美丽的景色好像在童话剧中看到过,现在居然亲眼见到了……莫塔,我们现在终于踏上陆地了,你可以帮我到陆地侦察一下吗?"

当小船准备靠岸时,一个大浪打来,船被搁浅在海滩上。可能没有电能了,小铭阳无法驾驶着船飞行,只能从船中出来。

趁莫塔侦察还未回来,小铭阳开始打量起这片陆地,沙滩很柔软,沙很细腻,赤脚在细沙上行走特别舒适。小铭阳抬头看陆地,西面是一片绿色的平地和茂密的森林,东面是一座座群山,连绵不断地向远处延伸,直至插入朦胧的灰红色的天空。陆地的中部地势虽有起伏,但坡度很平缓。

"铭阳哥哥,我们可以直接上岸了,那儿很安全!"

莫塔摆动着翅膀侦察回来了,知道小铭阳很着急,所以在老远的地方就大声向他汇报。

"像这样树木茂密的陆地难道没有人吗?"

小铭阳很希望看到人类,这样至少可以想办法与家人联系了,于是,着急地问道。

"有很多人,但都是小矮人!"

莫塔飞到了小铭阳的面前停了下来,用双手比画了一下高度,带着有趣的表情说。

"太有趣了,对他们来说我们就是巨人了,这样我们会很安全,走,上去看看。"

小铭阳一边微笑地说着,一边大踏步地跟着莫塔往中间的小山坡走去。

没走多久,天黑了下来,一轮圆圆的月亮从云朵中露出笑脸,射出明亮的光芒,周围清晰可见。

借助明亮的月光,小铭阳紧跟着莫塔来到了小矮人的聚集地。映入眼帘的是一棵枝繁叶茂的大榕树,树枝上生发出无数条根,垂直扎进土中。

"小矮人在哪里呢?"

小铭阳四周看了一下并没有发现一个小矮人,各种小鸟却叽叽喳喳地叫个不停,在榕树的树枝中飞来飞去,给人生机盎然的感觉。

未等莫塔开口,从榕树洞中伸出了一个小人头和一只小手,手里面还有一只小老鼠。老鼠被用力扔到了外面,原来是老鼠打扰了小矮人们的休息。

"啊,小矮人们在这里休息,我们要不要走进榕树洞去看看

第五章 走进小人国

小矮人?"

小铭阳很好奇地想去见识一下,但看到他们已休息,不知道是否合适去打扰。

"最好不要去打扰他们,让他们受惊,等明天早上再与他们联系吧!"

莫塔说到这儿,小铭阳也突然感到累了,于是,就在榕树下靠着枝干睡着了。而莫塔则守护在主人旁边,一刻也没有马虎,时刻观察着周围的动静。

第二天清晨,各种鸟儿的清脆叫声,好像是乐器弹奏出的乐章一样,给新的一天带来动听的音乐,它们欢快地从一个树枝跳到另一个树枝。

悦耳的鸟鸣声唤醒了沉睡中的小铭阳,一阵微风使他感到头脑清爽了很多,风中夹带着花草树木和果子清香的味道引得他不断地向四周观望,他发现:昨晚过来的那条小路两旁长满了五彩斑斓的野花,有金黄色的、粉红色的、蓝色的和紫色的……

东边绿葱葱的树林时隐时现,红彤彤的太阳冉冉地升起,白纱一样的烟雾随着太阳光强度的增加慢慢地散去,朦胧的远景变得明朗和美丽起来。放眼望去,一棵棵橘子树挂满了"小红灯笼",在阳光中金闪闪的,把树枝都压弯了腰,微风中,它们像爱玩的孩子一样在枝头摇来晃去;远方丛林中是星星点点的各种野果,均激起人无限的食欲,小铭阳恨不得自己能像鸟儿一样飞过去一尝究竟。这是一个绚丽多彩的早晨,一个令人心旷神怡的早晨,一个让人无法忘怀的早晨。

"走,去看看小矮人们醒了没有。"

当小铭阳看到榕树时才想起在榕树洞里休息的小矮人们,于是便叫莫塔去查看一下。为了不惊动那些小矮人,莫塔蹑手蹑脚地走近榕树洞，探头往里看了一下，惊讶地说："哎呀，人去了哪儿？"

"给我站住！"突然，有人大喝。小铭阳循声望去，只见五个约半米高的黑脸小矮人手舞着木棍从高坡上往下追赶落荒而逃的八个更矮的白脸小矮人。

面对突然出现的这一番情景，小铭阳一时感到丈二和尚摸不着头脑，这里到底发生什么？我难道是来到了另一个星球吗？关于小矮人的故事，我只在童话书中看到过呀！

喘着大气的白脸小矮人在黑脸小矮人的穷追猛打下，败下阵来，慌不择路，躲到目瞪口呆的小铭阳和莫塔的身后。

看到敌人被人保护起来，黑脸小矮人气得发抖，一个看似小头目的黑脸矮人拿着粗壮的木棍大声说："让开！"

但当仰望身高1.4米的小铭阳时，他还是愣了一下，本能地往后退了几步，回头与另外四个同伴对视之后，转身就跑。

看到敌人远去后，八个白脸小矮人才从小铭阳身后走了出来，一起跪在小铭阳的面前。

突然有人下跪，小铭阳一时不知所措，愣在那儿。白脸小矮人一直跪着，说了一些让小铭阳听不懂的话，不肯起来。

"莫塔，你能听懂他们的话吗？"小铭阳见小矮人不肯起来，便问莫塔。

"你没有看到他们做的手势吗？他们想请你帮助他们。"
原来是这样，小铭阳扶起他们，点头表示同意他们的请求。

小矮人们站起来，露出喜悦的表情，忙不迭地用手势表达自己内心的想法，希望得到小铭阳和莫塔的帮助。

"你知道他们在说什么吗？"小铭阳一脸困惑地望着小矮人，心里很着急，希望莫塔能根据小矮人的手势、表情和身体动作来

第五章　走进小人国

判断他们的意思。

"小矮人们说，我们是巨人，力大无穷，是否可以帮助他们主持公道？"莫塔很快通过观察，将小矮人的想法表达出来。

"好啊！如果你们遇到不公正的事，我们可以帮助你们。"从小疾恶如仇的小铭阳二话没说便答应了。

他意识到站着与小矮人说话有点居高临下的感觉，于是坐在榕树下面，这样便能与小矮人平等交流了。而莫塔则坐在小铭阳与小矮人中间，翻译起来也比较方便。之后小铭阳就开始竖起耳朵静静地倾听另一个世界的小矮人们的故事。

原来这个陆地名叫旺旺达，是个小矮人王国。旺旺达王国有白脸、黑脸和黄脸三种肤色的小矮人。黄脸小矮人住在森林和平原地区，白脸小矮人住在丘陵地带，黑脸小矮人住在高山上。几百年来，三种肤色的小矮人都能和平相处。可最近几年，黑脸小矮人常与白脸小矮人发生不愉快的冲突。矛盾的起因是黑脸小矮人地区缺少食物，所以他们经常到食物丰富的白脸小矮人地区来借粮食，可几年下来都是有借无还。因此，当今年黑脸小矮人继续到白脸小矮人地区去借粮食时，白脸小矮人生气了，不愿再借给他们粮食。可诡计多端的黑脸小矮人趁白脸小矮人不注意时把他们的一个小孩抱走了，并作为人质要挟他们，为此，白脸小矮人们组织了八个年轻力壮的人去黑脸小矮人地区想把自己的小孩夺回来，结果大败而归。

"太猖狂了，借了食物不但不还，还要抢走人家孩子，天下哪有这样的道理？"小铭阳听到这儿，再也忍不住了。

"可为什么黑脸小矮人地区食物短缺，而你们白脸小矮人地区食物却很丰富呢？"莫塔听了白脸小矮人的讲述后，很想知道其中的原因。

"我们也不知道具体的原因,只知道他们体格强壮,好斗,也好吃,胃口比我们大多了,力气也比我们大,也许是他们吃得多的缘故吧。"一位名叫乌里·朵朵的白脸小矮人大王解释说。

"我们会为你们讨回公道的。"小铭阳握紧拳头对小矮人们说。

听到小铭阳这样表态,八个小矮人感动地跪在地上给小铭阳和莫塔磕了三个头。

第六章
帮白脸小矮人要回被抢的孩子

在乌里·朵朵的带领下,小铭阳和莫塔马不停蹄地跟着一路小跑的八个白脸小矮人赶往黑脸小矮人居住的高山区。快到中午时,小矮人已跑得汗流浃背、累得上气不接下气。

"大王,我们先休息一下吧,要不还没有赶到那儿,先把自己给累死了!"一位名叫波利·奇奇的瘦弱小矮人请求道。

"说得太有道理了,可我们到哪里去补充体力呢?"

乌里·朵朵边示意大家坐下来休息,边向四周扫视一遍,寻找他们能吃的食物。

这时,小铭阳才感到这儿的气温不仅要比白脸小矮人居住区要高,而且树木稀少,草地较多,除了在路上偶尔能看到几匹小野马、几头小牦牛外,很少见到野果。

小铭阳心想:这儿很少看到能吃的食物,怪不得黑脸小矮人不畏路程遥远来白脸小矮人区抢食物。

"我闻到水果味了,附近肯定有水果。"嗅觉很好的波利·奇奇最先闻到远处随风飘来的水果味。

"既然附近有水果,那些黑脸小矮人们为什么还要去抢你们的食物呢?"

"野果林生长在有天然屏障的那座高山上。"

"那是怎样的天然屏障呢?"小铭阳好奇地问道。

听到小铭阳的提问,乌里·朵朵马上站了起来,带着大家往附近的山峰走去,并在断崖处停了下来。

"你们瞧,我们无法到达那座长满野果林的山。"乌里·朵朵边说边指给大家看。

小铭阳站在悬崖处往下看,那是一条很深的长满了杂草的壕沟,看久了还会头晕。再往前看,壕沟的宽度有三米长,对小矮人来说,那壕沟太宽了,几乎是一道难以逾越的壕沟。

"铭阳哥,这个壕沟对我们来说并不宽,但我们要怎样帮助小矮人抵达那座野果山呢?"莫塔有点着急地问道。

这时,小铭阳脑海中浮现了很多能跨越壕沟的桥梁——吊桥、斜拉桥、石拱桥……

"这难不倒我,我们可以通过搭桥的方法来解决问题。"小铭阳兴奋地回答。

"可我们在远离现代文明的小矮人国,无法用现代设备去搭桥呀?"莫塔有点忧虑地问。

"哎呀,我怎么就忘了我们还在原始的小矮人国,那怎么办呢?"想到这儿,小铭阳不由得着急起来。

"我们可以就地取材呀!"莫塔似乎在提醒小铭阳。

小铭阳在周围寻找了一番,看能否发现可利用的造桥材料。

"哎呀!太好了,右前方有一棵大柏树,我们可以模仿古人用树干来搭建一座木桥,凭现在小矮人的技术,恐怕还无法去获取长达三米的木材。"

小铭阳用他了解过的原始社会的构造知识和莫塔忙碌了一阵

子，就把木桥建好了。

"谁愿意先走过去摘那些可口的野果？"莫塔问那些小矮人。

乌里·朵朵和波利·奇奇，先看看壕沟，再你看看我，我看看你，谁也不敢先过那座刚搭建起的木桥。

看到小矮人犹豫的样子，莫塔和小铭阳快步地走上木桥，如履平地般地跨越了壕沟，来到了令人向往的野果山。

看到莫塔和小铭阳兴奋地采摘和品尝各种美味的野果，那些小矮人早已垂涎三尺，望着那些长满了各种野果的树，他们忘记了桥下令人恐惧的壕沟，跨上木桥，奔向野果林。

有的小矮人在美美品尝红红的树莓，有的小矮人陶醉在黑葡萄的美味中，还有一些小矮人则在野果林中穿梭，摘一个红苹果，尝一口人参果，品一个水蜜桃，听他们的欢声笑语，就像是到了一个美丽的世外桃源。

看到这动人的美景，小铭阳才想起了人类祖先的伟大智慧，看来自己的老师讲得很有道理——无论人类处于发展中的哪个阶段，都需要创新发展。

饱餐一顿后，白脸小矮人高兴地唱着歌，继续带着小铭阳和莫塔赶路。翻了一座山，他们就到了黑脸小矮人的居住地。

"我们到黑脸小矮人区了。"乌里·朵朵说完后就躲在小铭阳的背后。

"除了树，没有发现我们要找的人。"

小铭阳抬头往前方看了一下，除了大小不一的树木，看不到任何人，刚要想责备乌里·朵朵时，就看到很多黑脸小矮人从望天树、蚬木树、香榧树、珙桐等树的树梢上跳了下来，朝他们直冲过来，手里还拿着粗壮的木棍。

"你们想干什么？"小铭阳见黑脸小矮人不问缘由就把自己围

第六章　帮白脸小矮人要回被抢的孩子

了起来，非常生气。

听到这一声巨吼，黑脸小矮人不由自主地害怕起来，往后退了十几米，因为他们从来没有听过如此洪亮的声音。

"我们到了他们的住地就被认为是侵犯了他们的领地，所以他们才来围攻的。"乌里·朵朵躲在小铭阳背后用颤抖的声音回答。

"告诉他们，只要把抢走的孩子送还给我们，我们马上就走。"

小铭阳叫莫塔把自己的话翻译给黑脸小矮人们。当黑脸小矮人听明白小铭阳的意思后，认为这样不公平，因为白脸小矮人土地肥沃，食物丰富，应该借他们食物，而抢小孩作为人质也是万不得已的。

"如果我们能为你们提供一个能填饱肚子的美味野果山呢？"小铭阳问一个叫旺旺·皮得的黑脸小矮人头目。

"那我们肯定马上释放你们的孩子。"旺旺·皮得点着头说。

"好吧，你把我们的孩子带上，我们带你们去看一片美丽的野果林。"

旺旺·皮得命令手下把抢来的人质——彤彤·居里带来。

于是，小铭阳、莫塔与白脸小矮人转身就往野果山上赶，后面有五十多个黑脸小矮人拿着木棍紧跟其后。很快，他们就赶到了目的地。

"这里有你们取之不尽的食物。"小铭阳指了指那野果山。

"我们也知道那儿有我们想要的食物，可讨厌的壕沟阻挡了我们采摘野果的通道。"旺旺·皮得生气地说。

"你再往前走，就会发现一个通过野果山的特殊通道。"小铭阳边说边示意旺旺·皮得去看一下。

星外小人国奇遇记

第六章　帮白脸小矮人要回被抢的孩子

旺旺·皮得皱眉犹豫了一下后，加快步伐走到了壕沟处，映入他眼帘的是一座原始而神奇的木桥，连接着去往野果山的路。他毫不畏惧地走上了木桥，跑向野果山，不愧为黑脸小矮人的领袖。当他采摘和品尝了几颗酸甜的黑葡萄后，兴奋地朝这边喊叫着："感谢这位巨人为我们找到了新的家园，这里有我们想要的各种食物，现在请把人质——彤彤·居里送还他们。"

听到大王一声令下，黑脸小矮人赶紧为人质松绑。当可怜的孩子获得自由后，伸开双臂欢快地奔向乌里·朵朵，就像鸟儿摆脱了笼子一样飞出去寻找那片属于自己的天地。

"叔叔，叔叔，谢谢您让我重新获得了自由。"彤彤·居里边投进乌里·朵朵的怀抱，边感激地说。

"要谢就要谢谢从天外来的智慧巨人，是他们帮我们搭建了神奇的桥梁，让你重新回到自己的家园。"

乌里·朵朵微笑地用手指着小铭阳、莫塔说。

"啊！真是美丽而善良的巨人。"彤彤·居里看到小铭阳、莫塔时兴奋地说道。

当听到黑脸小矮人欢快的尖叫声时，小铭阳、莫塔和白脸小矮人不约而同地把视线转向他们。只见他们像蜜蜂闻到花香一样，排着长队，跨过木桥，唱着美丽而动听的歌曲奔向那片让他们梦寐以求的乐园。饿了很久的黑脸小矮人们，真是饥不择食，摘光了壕沟附近的那些野果后，才转向果林深处寻找自己爱吃的果子。有人摘了猕猴桃，有人尝了人参果，还有的吃了红红的树莓……饱餐一顿后他们边跳舞边唱歌。

> 那本是一片苍天恩赐的福地，
> 可壕沟夺去我们享受的权利，

为填饱肚子,
强取他人食物,
抢掠他人孩子,
打乱和谐相处的领地。

那是一片美丽的野果地,
木桥让我们跨越了障碍,
通往那硕果累累的果林,
品尝那人生智慧的果子,
大地一片和谐友爱,
感恩那赐予美食的义士。

第七章
帮小矮人赶走凶恶的狼群

不知道过了多久,天渐渐地黑了下来。

旺旺·皮得带领自己的人马慢慢地从野果山回到了小铭阳身边。

"扑通"一声,旺旺·皮得先跪在小铭阳面前,其余的黑脸小矮人们也纷纷跪下。

"伟大的巨人,您帮我们找到了另一个美丽的家园,给我们提供了取之不尽的食物,您是有大智慧的人,也是我们的再生父母,希望您能当我们的头儿,带领我们走向幸福之路。"

见到黑脸小矮人下跪了,乌里·朵朵也连忙让自己的人马跪在了小铭阳的身后,也请求小铭阳当他们的头领,以保他们平安幸福。

小铭阳不知所措,傻乎乎地站着,心想:我是被迫来到这儿的,我要赶紧回家,哪有心思在这儿当头儿,更何况,自己还很幼稚……

"铭阳哥,既然你不乐意当头儿,先让他们起来吧!"

听到莫塔的提醒,小铭阳赶紧弯下腰,双手去扶着两个头领站起来说话。可他们就是不听小铭阳的劝告,仍然死跪在那儿,做出了一副不答应他们死不罢休的样子。

"嗷呜——"

当野果山远处传来狼的嚎叫声时,刚刚还跪着的黑脸小矮人们迅速起身奔向附近的大树爬上树梢,而白脸小矮人们则惊慌失措,躲在小铭阳身后。

小铭阳顺着狼叫声望去,看见几十只黑狼在木桥那边来回走动,并不断地发出可怕的叫声。虽然那些狼比地球上的狼要小近两倍,但它们抬头发出的叫声仍然很恐怖,在两座山崖之间回荡着,似乎告诉人们它们才是这里真正的主人。它们的眼睛在黑暗处发出绿色的光芒,令人毛骨悚然,小铭阳的两腿有点不听使唤地颤抖。

"我不能像小矮人那样害怕,因为我是小矮人们心中的英雄,我一定要镇定下来想出办法把狼赶走。"小铭阳不断地给自己壮胆。

可那些讨厌的狼在野果山那边越聚越多,它们蠢蠢欲动,似乎要通过木桥跑到这边来。

小铭阳两手握着拳头,手心在不断地冒着冷汗,心想:这座木桥虽然帮助了黑脸小矮人获得取之不尽的食物,但也可以帮助可恶的狼群跑到黑脸小矮人的居住地祸害,这是多么可怕的事啊!

"莫塔,你是智多星,能否想出一个办法把狼赶走?"小铭阳着急地转身对着莫塔说。

"铭阳哥,你在历史书中不是学过原始社会的人们如何应对野兽的吗?"莫塔有点不解地问道。

"哎呀,那时我以为古代的生存方法对于出生在现代社会的人来说已经过时了,所以没有认真学,谁知道会阴差阳错地来到这里!求求你了,给我想个办法吧!"

第七章　帮小矮人赶走凶恶的狼群

小铭阳心里真不是滋味，生活在现代社会的他因为可恨而奇怪的黑洞穿越了时空，来到了这个做梦都没有到过的地方。尽管他不喜欢这个原始的陌生环境，但他又不得不去认真面对。生活，有时就喜欢跟人开一个出其不意的玩笑——你想要的那种生活得不到，不想要的生活却突然降临了。对深陷困境的他来说，眼前必须要做的事，就是把可怕的狼赶走。所以，小铭阳只有放下架子去求莫塔想办法，因为她的大脑中储存着百科知识，一般的生活知识肯定难不倒她，更何况仅仅是想出驱赶狼的办法。

"狼怕火，你知道吗？"莫塔不假思索地回答。

"是啊，我怎么忘了所有的野兽都怕火呢？但我真的忘了如何在原始森林里取火了。"

"可以用钻木取火、硝石取火和利用雷电取火这三种方法。"莫塔根据自己被储存的资料信息回答道。

"你一说，我还真有点印象，可这几种取火方式速度有点慢呀，你看，讨厌的狼群快要过木桥了。"

小铭阳话音刚落，只见三只胆大的狼已慢慢地试着走上了木桥，似乎要向他们冲过来。

这时，躲在小铭阳身后的一些白脸小矮人们开始害怕地尖叫起来，胆小的则开始恐惧地哭出了声音，还有的怕得趴在了地上，已经站不起来了。

听到木桥对面的人群发出恐惧的声音，聪明的狼胆子变得大了起来，木桥上的三只狼又向木桥的前方走了几步，到达木桥的中心，张着凶恶的嘴巴，似乎要把小矮人们全部吃掉。

小矮人们则再也控制不住自己的情绪，一起大声地哭出了声音。

看到小矮人们恐慌的样子，木桥上的三只狼又走了三步，快到木桥的桥端。

眼见已来不及取火驱赶狼群,那些可怜的小矮人可能很快会成为狼群的美食,小铭阳的心在不停地翻腾:我是小矮人们心目中的英雄,而且至少比狼大一倍,我应该想办法阻止三只领头狼走过木桥,否则后面大批的狼群会汹涌而上的,那时的场面就无法控制了。于是,小铭阳双手握着拳头,不知是哪来的勇气,在手无寸铁的情况下跑向那座木桥。

看到一个高大而又勇敢的人跑过来,毫无防备的三只狼以为要受到攻击了,本能地转身逃向木桥的另一端。可看到小铭阳没有跑过桥来,三只不死心的狼又转过身好奇地观察着对方。一分钟、十分钟、一个小时……就这样对峙着。躲在树上和树后的小矮人们屏着呼吸,紧张地观望着。

一向以冷静著称的莫塔也不知道为何傻站着,过了很长一段时间才缓过神来,想起了铭阳爸爸曾叮嘱过她:作为特殊的机器人,不要长久地把两手心放在一起,否则会产生火花。此时,她灵机一动,到一棵大树旁拾起一根干燥的枯树枝握在自己的两只手中间。没过多久,红色的火花使树枝上端开始燃烧起来,周围的黑暗一下子被照亮。接着,莫塔举起树枝,冲向木桥,三只狼看到通红的火焰向自己冲来,吓得掉头就逃,一会儿的工夫,野果山的狼群都跟着领头狼消失在小矮人们的视线中。

看到凶恶的狼群被燃烧的火把吓跑了,躲着的小矮人们纷纷走了出来,好奇地围着持续燃烧的火把,思考那神奇的力量。

"你们不但是巨人,而且是能赶走恶狼的智慧人,请问你们来自何方?"乌里·朵朵一边疑惑地问道,一边围着小铭阳和莫塔转。

小铭阳毫不隐瞒地说他们来自另一个星球,那里住着和自己一样的巨人。小矮人们惊讶地伸着头,眼睛一眨不眨地打量着他们。

第七章　帮小矮人赶走凶恶的狼群

"你们的地球也有凶恶的狼群吗?你们也用火赶走狼群?你们的星球有很多赶走野兽的法宝吗?"旺旺·皮得好奇地问。

"我们的祖先也是用火驱赶野兽,但现在的野兽很少,其中部分已成为被保护的对象。即使出现了凶恶的野兽,也有无数种方法应对。"

"我们如果有火把就不怕野兽了,你们能教会我们如何生火吗?"彤彤·居里举起右手,边看着莫塔边问。

"可以啊,现在我们已有火把了,可以直接用这个火把去点燃另一个。"莫塔爽快地回答说。

"希望能把取火的方法告诉我们,当你们不在的时候我们也能取火。"彤彤·居里恳求小铭阳和莫塔,希望自己能独立地生火。

"好的,趁我们现在都在,我们就一起尝试我们地球祖先的取火方法——钻木取火。"

于是,小铭阳同意与莫塔一起演示取火的方法。小矮人们开始好奇地围了上来,小铭阳叫彤彤·居里到附近取一节竹子、一根小木棍和一块小的锋利的石头。小矮人们不知道这三样东西派什么用场,你看看我,我看看你。

小铭阳开始用锋利的小石头把木棍底端削尖,同时在一节竹子上钻了一个小孔。

"莫塔,还缺一些干燥的易燃物,你去帮我找一些枯树叶吧!"

莫塔很快从大树下找了一些树叶回来。小铭阳把一些干燥的树叶通过小孔塞入竹子里。

"我在取火前,还得把这节竹子固定住,否则无法取火。"

小铭阳一边自言自语,一边把这节竹子放到附近的两块大石头缝隙中固定起来,把木棍的尖端插入竹孔内,用双掌夹着木棍

第七章 帮小矮人赶走凶恶的狼群

使劲地搓。

围观的小矮人瞪大着眼睛,生怕错过观看接下来发生的奇迹。可是,几分钟下来一点反应都没有。小矮人开始四散走开。

小铭阳拿出木棍,检查竹子内的树叶,发现竹子里面是潮湿的,以致木棍和竹子的摩擦无法达到一定的温度燃烧起来。

小铭阳又叫莫塔取一节干燥的竹子,并用同样的方法操作一遍,再用双掌夹着木棍使劲地搓。

"冒烟了,大家看,冒烟了……"

不一会儿,竹子里冒出浓浓的烟,走开的小矮人们又聚拢过来观看。只见,小铭阳用嘴对着竹孔内连续吹了几口气,一丝丝红红的火苗就开始从竹子里窜出来。

"成功喽!"

小矮人们围着小铭阳和莫塔欢呼着。

小铭阳又叫小矮人去附近找更多干燥的木材,扔进火中。就这样,树枝和木材慢慢地堆积,小火苗烧成了篝火,火越烧越旺,把周围照得通亮,小矮人们不再害怕凶恶的狼以及各种野兽了。围观的小矮人看到神奇又暖和的篝火越来越兴奋,唱着歌,扭动着身体跳着舞蹈,忘记了白天的疲劳。

不知过了多久,天渐渐亮了,兴奋了一夜的小矮人们开始感到疲惫,纷纷躺在篝火周围睡着了。小铭阳也抵挡不住睡意,靠在篝火旁的一块石头上进入了梦乡。

在梦中,那是一个傍晚,小铭阳从自家漂亮的玻璃房中走出来,来到附近的一片小树林,当自己正高高兴兴地走着,突然,前面小树林中跑出来一只大灰狼,它与童话书中的大灰狼一样凶恶,吓得他转身就往家里跑。可无论自己如何着急,双脚都不听使唤,无法移动脚步。眼看大灰狼就要追上自己了,小铭阳大喊救命。妈妈听到呼叫声,从家里拿着大木棍出来。看到妈妈及时赶来救自己,不知哪来的力气,小铭阳往前跑了几步,高兴又放心地依偎在妈妈的怀里,妈妈说:"有妈妈在,我们不怕。"小铭阳回头看了一眼,狼不见了,再往回看,妈妈也不见了,他连声叫着:"妈妈,妈妈!"

小铭阳感到有人在推他,睁眼一看,发现莫塔静静地坐在旁边,小矮人们则躺在地上还未醒来,原来自己做了一个可怕的梦,有妈妈在身边,该有多好啊!

太阳从东方冉冉升起,暖洋洋的阳光照在小矮人身上,他们的脸上露出了舒坦的微笑,连做梦都很香甜。快到中午时刻,太阳突然推开周围的云朵,精神抖擞,发出强烈的光芒,小矮人们被炙热的太阳热醒,他们不约而同地起身。

"快到中午了,又渴又饿,去弄点吃的吧!"旺旺·皮得抬头看了一下火红的太阳,又看了一下身边的同伴说。

"我害怕,要是再遇到凶恶的狼群怎么办?"

"放心吧,根据狼的习性,它们喜欢晚上出来寻找食物,白天很少出来。"莫塔微笑着说。

"万一狼群白天出来,怎么办?"

小铭阳听到这里,心想:除了用火驱赶野兽外,我还是要想出别的办法。

"我们可以用篱笆来阻挡狼群。"

小铭阳灵机一动,计上心来。对于用篱笆来阻隔野兽的方法,小铭阳清楚地记得是自己在幼儿园时从绘本中学来的,想不到在另一个世界中还真能派上用场。

于是,小矮人们在野果山饱餐一顿后,开始跟着小铭阳和莫塔来到野果山的边缘。抬头眺望,对面的大山山势险峻、杂草丛

第七章 帮小矮人赶走凶恶的狼群

生,那里有几头狼、野猪等在走动。

"其他地方都很陡峭,只有一处约十米宽的通道地势平坦,野兽可直接从对面来野果山;我们只要用篱笆扎在这十米宽的通道上就可以阻隔那边的野兽过来。"小铭阳观察一番后像发现了新大陆一样兴奋地对莫塔说。

"太棒了,你现在真是一个智多星!"听到小铭阳的主意,莫塔连忙赞道。

接下来,小铭阳发动大家去弄树木、竹子以及各种藤条来做篱笆墙。

真是人多力量大,不一会儿工夫,小矮人们从附近弄到各种大小不一的木头、树枝、鸡血藤、木通藤等放在小铭阳和莫塔的面前。

铭阳又说:"为了安全起见,我们扎两堵篱笆墙,一堵扎在对面山的出口,可以挡住野兽进来;另一堵扎在我们的出口,防止误入危险的野兽地带。"

说干就干,莫塔在一旁讲述百科全书中制作篱笆墙的要点,而小铭阳则一边听一边用鸡血藤、木通藤编上木头和树枝。不到半天的工夫,两堵崭新的篱笆墙就扎好了。

"太好了,我们有篱笆墙了,再也不怕狼群了,现在我去感受一下篱笆墙的威力。"彤彤·居里既激动又好奇地走近第一堵篱笆墙,用力一推,墙居然倾斜了,篱笆墙和地面露出了很大的空间,足以让动物爬行通过。再到另一堵篱笆墙用力一推,墙体也一下子往前倾斜了。

"这弱不禁风的篱笆墙怎能抵挡攻击呀?"彤彤·居里见到不堪一击的篱笆墙后惊讶地问道。

见到篱笆墙这样东倒西歪,大家都目瞪口呆,不知说什么好。

"我是按照你储存的百科知识扎的,你储存的科学知识也有问题吗?"小铭阳与莫塔对视了一会儿后,惊讶地问道。

"可能是哪个环节出了问题,我们一起来检查一下吧!"莫塔若有所思地回答。

"为什么篱笆墙不能受力,还会倒下呢?"

莫塔这样一问,小铭阳连忙回答说:"那篱笆墙肯定是没有固定住。"

"你以前学过'一个篱笆三个桩'这句话吗?"

莫塔这么一问,小铭阳用手拍拍自己的头说:"我怎么忘了这句话呢?"

于是,小铭阳开始检查篱笆墙受力处,发现墙的两边都固定在两棵粗大的树上,这个方法应该没有问题,但木头、树枝、竹子没有固定在地上,所以用力一推,整个墙就呈45°倾斜在那儿。

"对了,木头、树枝、竹子等材料接触地面的地方需要挖一个深一点的凹槽坑,把木头、树枝、竹子插进,并用泥压实,这样就可以固定住,篱笆墙不会再因为用力推就腾空倾斜了;更为重要的是还要用三根粗大的木头桩固定。"

大家相互配合一起来挖凹槽坑,小铭阳准备了三根很粗的木头作为篱笆桩。小矮人们纷纷加入干活的行列。没过多久,篱笆墙加固完毕。

"彤彤·居里,你再推一下篱笆墙,看能不能推倒。"

彤彤·居里一听又要试推,兴奋地走到墙中间,用力一推,可篱笆墙丝毫未动。他以为自己用力太轻,又使足了劲推了一下,可篱笆墙像换了一堵墙似的,就是没有应声而倒。

"野果山已是我们的家园,我来推一下,看篱笆墙能否抵挡狼群和野兽。"旺旺·皮得让彤彤·居里站在一旁,自己往后退了几步后往前冲,并用两只手掌向篱笆墙推去,只见碰到的篱笆墙上两根树枝轻微颤抖了一下后就纹丝不动了,整堵篱笆墙立在那里,看起来牢不可摧。

站在旺旺·皮得后面的几个胆大的黑脸小矮人也上前用手推,但它依然像一排巨人一样挺拔地站在那儿,一动也不动。

"篱笆墙又高又坚固,恶狼再也进不来了,我们也就高枕无忧了。"

小矮人欢呼起来,他们跳起了有节奏但并不好看的当地舞蹈,表达他们的喜悦之情。旺旺·皮得用洪亮的嗓音唱出了欢快的歌曲,在山林里回荡。

> 坚固的篱笆墙,
> 风吹不动,雨水不腐
> 人推不倒,稳如大山,
> 给予我自信,让我坚定;
>
> 正义的篱笆墙,
> 你能阻挡凶恶野兽侵扰,
> 给我们重获新生的土地,
> 让我们心生祥和;
>
> 神奇的篱笆墙,
> 是谁给你无穷力量,
> 那是神秘的天外来客,
> 给我们带来新的美丽边疆。

第八章
当上小人国"国王"

"来自远方的尊贵客人,在你走之前,我还有一个请求,不知是否当讲?"

"我已帮你们找到了野果山,并扎了篱笆墙,你们现在有吃不完的野果,难道还不满足吗?"小铭阳正准备叫莫塔和白脸小矮人启程时,突然看见旺旺·皮得跪在自己眼前,又一次提出请求,心里很不高兴,于是这样反问道。

"我们现在感到您有我们星球人没有的超凡能力,能否当我们黑脸小矮人的大王?"

当小铭阳听到旺旺·皮得提出这样意料之外的请求,感到很为难:当大王是多数人求之不得的事,可我既对小人国不熟悉,又一心想早点返回自己的星球,哪有心思留下当大王。

想到这儿,小铭阳温和地回答说:"我能力有限,你还是找别人来当大王吧。难道让我当大王,由我来给你们发号施令,什么都听我的吗?"

"你走了,野果山上果子再多也是有限的,更何况秋季一过,我们冬天吃什么呢?"旺旺·皮得见小铭阳执意要走,一着急,

第八章　当上小人国"国王"

就把心里话说了出来。

此时的小铭阳心里尽管很生气，心想：难道我要管你们小矮人一辈子的饭吗？难道我是来做义工帮你们解决温饱问题的吗？但接着，他又转念一想：谁叫我多管闲事呢？好事还是做到底吧，可我又有什么法子帮他们呢？

"您是神奇的天外来客，也请你做我们白脸小矮人的大王吧！"乌里·朵朵见黑脸小矮人请小铭阳做他们大王，自己也趁机跪下这样请求，以获得小铭阳更多的帮助。

当小矮人们见自己的头儿都跪在小铭阳面前时，便纷纷跪了下来，附和着、请求着，其实他们内心都很清楚：如果这位有智慧的天外来客来当自己的大王，会带来好运连连，这么好的机会，怎能放过呢？而对小铭阳来说这尽管是荣耀，但更多的是挑战和责任。

"铭阳哥，我看你还是答应他们吧，这不是你小时候求之不得的事吗？"莫塔这样一提醒，才使小铭阳回忆起自己 4 岁时想当幼儿园大王的往事。

的确，小铭阳曾与莫塔玩耍时常谈起自己在幼儿时想当头儿的故事。于是，一幅幅滑稽可笑的画面浮现在他的眼前。

那是小铭阳四岁时，在一所幼儿园里参加了一个"我来做'大王'"的游戏。不知情又好胜的他，第一个报名参加了这个活动。到了活动开始时，小铭阳才知道这是一个才艺表演活动，看看谁的才艺最优秀。通过参赛者的表演，由评委打分，最后选出表演最出色者来当"大王"。说是当"大王"，其实就是当"小老师"，协助老师办好这个"才艺兴趣班"。结果，小铭阳表演了拿手的骑马舞，唱了喜爱的儿歌，演绎了一套武当拳。自认为表现不错的他，最终在十个比赛伙伴中，得了最后一名。这时，他才理解"天外有天"的含义,也知道了"当大王"就是当小老师,而且在小伙伴中能力最强的人才有资格当小老师。

"我才不乐意呢,说得好听是当大王,其实就是帮别人做事,更何况我的才艺和能力在我学习的班级中不是最好的。"小铭阳对莫塔解释说。

"那现在不一样啊,你在小矮人星球中,你的能力是最强的,更何况还有我在当你的助手呢!"

莫塔一边鼓励他,一边举起了右手,握住拳头,似乎在告诉小铭阳:"加油,我们俩人加在一起力量就大了,要有自信。"

当小铭阳低头看到小矮人们渴望自己带领他们摆脱饥饿与纷争的眼神时,心里又开始犯愁:我有能力当好他们的大王吗?我在自己的伙伴中并不出众,可我心中一直有一个美丽的梦想,希望能像英雄一样成就一番大业,让大家刮目相看。

小铭阳左思右想,最终决定:小矮人们有困难,我应该帮助他们才是啊,遇到困难不应退缩,迎难而上去尝试才有机会去获得成功。

"我只想当你们的'老师',而不想当你们的大王。"小铭阳低头对小矮人们说。

"'老师'是什么意思啊?"旺旺·皮得不解地问道。

"'老师'就是指导你们如何生活啊!"小铭阳爽快地回答说。

"这不是与当大王一样吗?"旺旺·皮得自以为是地回答。

"不一样,当大王可以发号施令,有生杀大权,可以独享一切资源;而当老师,只有帮助和指导你们如何生活的责任,而不去享受过多权利。"小铭阳耐心地给小矮人们作了解释。

"让你拥有至高无上的大王待遇,是别人求之不得的事,可你为什么却不喜欢?"旺旺·皮得想到在弱肉强食的社会竟有人拒绝享受大王的特殊待遇，感到困惑不解。

旺旺·皮得的提问勾引起了小铭阳一段不堪回忆的往事，那是挥之不去的心灵伤痛，一幅幅画面犹如昨天发生的一样呈现在他的眼前。

当时还是5岁的他，参加了一场名为"职业情感体验"的超智能游戏。这款游戏有三个古代角色：一个国王，一个大臣，一个平民。如果你要当国王，必须要过两关：做一个能干的平民和一个能干的大臣。小铭阳原以为只要勤勤恳恳地做一个平民就可以，后来发现不仅要勤恳，还要学会对大臣拍马屁，否则会受到大臣的惩罚和鞭打。

令小铭阳记忆犹新的一个游戏情景是：当费了好大的劲学会农民应有的生存技能——耕田、施肥、播撒水稻种子、插秧、耘田、收割后，还要送粮食到大臣的仓库去交租。同时，还要对大臣极尽奉承。

"我用通过自己劳动获得的粮食向不劳动的人缴租，为什么还要违心地说——谢谢你的恩赐呢？"由于天生耿直的小铭阳不愿意说违心的话，于是就无意中说了这句得罪人的话。

"因为国王给了你土地，你才有耕种的机会，否则你早就饿死了。"大臣凶恶地说。

"土地是苍天给的，凭什么说是国王给的呢？"小铭阳反问道。

"这里的土地都是国王的，国王就是苍天，你这个刁民看我如何收拾你。"

大臣的话还没有说完，就拿起鞭子狠狠地向农民打去。农民被大臣鞭打得浑身是伤痕，疼得大叫起来。

"你怎么可以随便打人呢！这不是无法无天吗？"

小铭阳生气地大骂。

"国王的话就是法律,我打你就是替国王合法地维护社会秩序。"大臣怒气冲天,用皮鞭指着农民大骂。

根据游戏规则,小铭阳扮演的平民角色虽然已成功地学会了种粮食,但由于不能与大臣处理好关系,所以不能晋级体验大臣和国王的角色。但同时,国王这个角色在他的心里产生了阴影,成了反面人物的代名词。正是这段"职业情感体验"游戏的经历,使他不愿意当心目中的不良职业者"国王",而只行使生活指导者——教师的职责。

"行吧,尊敬的铭大王,我们以后就这样称呼你,你只要行使你喜欢的权利即可,因为我们不习惯称呼大王为老师。"

旺旺·皮得拜了三下,其他的小矮人也仿效地拜了起来。小铭阳扶着小矮人们起来后,小矮人都傻乎乎地看着他,眼睛似乎在说:"做一个只知道干活却不懂享受的大王,我们不理解。"他们又兴奋地跳了起来,沉浸在美好的憧憬中,因为黑脸小矮人与白脸小矮人从此不再是对立的群体,而是一个大家庭,以后也就没有以前那样的纷争了。

"既然大家选小铭阳为大王,我们就应该给他做一件大王的衣服。"莫塔提醒大家说。

"我们小矮人可从来没有听说过当大王还要有大王的衣服,更何况我们这儿取材很困难。"旺旺·皮得睁开眼睛,不解而又为难地说道。

"在我们的星球上,当大王在服饰上要有个标志!"莫塔噘着嘴巴,很不高兴地回答。

"我不在乎什么形式,就做一顶简单的帽子吧。"小铭阳边说,边走到一棵藤树前折断了一根藤,绕了几圈就做成了一顶帽子；之后，他再用三块小木头做了三颗星星，挂在帽子上，这样一顶简单的帽子就完成了。

"帽子上为什么要有三颗星星呢？"旺旺·皮得又不解地问道。

"哈哈哈，三颗星星代表着能照亮你们前进的道路，帮助你们走向正道。"小铭阳大笑后回答道。

小矮人们都好奇地围了过来，仔细地端详着这顶奇怪的帽子，似乎有着难以琢磨的神秘力量。

"铭大王，秋天一过，冰天雪地的日子很快会来临，那时我们吃什么？"旺旺·皮得是急性子，大声的问话使小矮人们从好奇转向了忧愁。

"那你们以前是怎么过来的呢？"小铭阳一时也不知道如何想办法，便试探着问道。

"我们吃光水果后，就抓野兔等小动物来作为冬粮，实在不行就去白脸小矮人区去借粮食。"旺旺·皮得如实地回答道。

"那强借粮食而不还可不是好方法，我们一起想办法吧！"小铭阳脸上略带忧愁地回答后，转过身看着有智多星之称的莫塔。

"你现在可是他们的生活指导老师了，你肯定有办法的。"

小铭阳原以为莫塔马上会为他出主意，想不到她给他做了一个鬼脸后便把"皮球"又踢了回来。

"咯……咯……咯……"

突然，从不远处传来了大家熟悉的声音。小铭阳循声望去，只见在一棵大柏树上有一只漂亮的山鸡正在筑巢。

"你们看到鸡生蛋了，怎么办呢？"这时，小铭阳计从心来，启发地问旺旺·皮得。

"饿了，就把这些鸡蛋给吃了。"旺旺·皮得直截了当地回答。

"那你是否想过,把这些鸡蛋给孵化了,不是有很多小鸡,而这些小鸡长大了,不是又可以生很多蛋吗?这样就可以源源不断地为你们提供食物了。"小铭阳耐心地讲着。

"等那些鸡蛋孵化后,那我们自己要养这些鸡,是吗?"旺旺·皮得似乎悟到了什么。

"对的,现在有水果吃,你就要想到冬天可以吃什么,这就需要储备一些粮食,比如你抓到的那些小兔、小猪都是可以自己养的,等把它们养大一点,天寒地冻时就可以食用。"小铭阳将从以前的故事书中学到的粮食储备知识传授给小矮人。

"这是一个好主意,我们以前为什么就没有想到呢?"旺旺·皮得与同伴相视一笑,乐得直点头,似乎在说自己以前真的不开窍。

"秋天食物多的时候,我们就要想到食物少的冬天,要多储备一点食物在冬天吃。"小铭阳微笑地用右手指着自己的脑袋对旺旺·皮得说。

"谢谢铭大王的指点,我们会省吃俭用的,并按您的要求去储备食物。"旺旺·皮得和他的黑脸小矮人们向小铭阳鞠躬致谢。

第九章
拯救危难中的母熊

"回——家——喽!"

随着彤彤·居里一声欢快、悠长的喊叫声,小铭阳、莫塔和其他白脸小矮人开始返程。

活泼、可爱的彤彤·居里在返程的队伍前不时地跳跃着,展开双臂奔跑着,就像出笼的鸟儿一样急不可待地想回到自己的家乡,回到自己亲爱的妈妈身边。

虽然早秋午后的天气有点热,但彤彤·居里返家的欢乐动作散发出的愉悦气息还是感染着大家,一行人好像是一支打了胜仗的队伍。

夹带花草树木香味的微风徐徐吹来,走在队伍中间的小铭阳心情开始舒畅起来。两旁婀娜多姿的野菊花尽情地展现英姿,每一朵花似乎都在风中向小铭阳微笑、招手。他抬头看看那蓝蓝天空中飘动的朵朵白云,低头看看那周围绽放中的各种花朵,前后看看那浑身是劲、归心似箭的人们,不由得唱起了自编的歌曲:

我是成功的,

第九章　拯救危难中的母熊

　　我当了小人国大王；
　　我是幸运的，
　　我没有在黑云中遭殃；
　　我是有伴的，
　　莫塔是我旅程的伙伴，
　　小矮人是成长路上的桥梁；
　　我是忧愁的，
　　我在另一个星球徘徊，
　　不知会遇到欣喜还是悲伤；
　　……

　　山里的天气就像小孩的脸一样说变就变，让人琢磨不透。没走多久，美丽的蓝天白云突然被一团团、一片片乌云遮住，天开始下起了零星小雨。一阵阵夹带小雨的微风吹来，就像湿漉漉的烟雾一样轻轻地滋润着大地和人们疲惫的心。刚才还有点烦躁不安的小铭阳突然宁静了许多，开始边发呆边慢慢地跟着队伍前进。的确，对于小铭阳和莫塔来说，只要走两步就可以跟上走十步的小矮人。在和风细雨的催眠下，小铭阳开始停止了思维，像一个听话的不需要思考的小孩一样跟在莫塔后面慢悠悠地走着。

　　"前面有三只狗熊！"

　　听到最前面的彤彤·居里的一声大叫，小铭阳从发呆中惊醒过来。小矮人们开始不自觉地往后退，彤彤·居里则胆小地躲在小铭阳和莫塔的身后。

　　"狗熊在哪里？"莫塔转身问躲在自己身后的彤彤·居里。

　　"瞧，就在右前方的大树底下。"彤彤·居里一边用手指着右前方的大树一边胆怯地回答，脸上充满了惊恐。

看到胆小的小矮人纷纷躲在自己的后面，小铭阳又突然变得勇敢起来，走近那棵香樟树，发现果然有一只大母熊躺在樟树下，旁边还有两只幼小的熊崽躺在柔软的、厚厚的又有点枯萎的杂草上。

"趴下！"

小铭阳怕惊扰那只大母熊，连忙做了一个趴下的动作，并轻声地对后面的小矮人们说。

见到自己的大王都趴下了，小矮人们二话不说就趴在了地上，静静地看着那三只熊。

没过多久，忽然听到"吼吼"几声急促的喘息声，小铭阳抬头看见两只幼熊恐慌地往大树上爬，显然，它们太小了，还没有太大力气。

"是什么导致幼熊惊慌地上树呢？"

还未等小铭阳想明白，一只比幼熊大十倍的狮子慢慢地从远方跑了过来。而那只母熊像睡着了似的浑然不知危险已来临。

"醒醒，醒醒，你这只笨母熊！"在一旁趴着的彤彤·居里心急地自言自语道。可令大家失望的是，那只母熊像睡着了一样纹丝不动。

快要接近那棵樟树时，凶猛的大狮子突然放慢了脚步，围着那只躺着的母熊慢慢地走了三圈。见母熊没有反应，大狮子突然转身朝着树上的两只幼熊看了一眼，猛地一跳向那棵樟树上爬。

"吼……吼……吼……"

眼见两只幼熊要被大狮子逮着了，它们发出了最后的求救和哀怜声。说时迟那时快，那只躺着的大母熊突然一跃用尖尖的嘴死死地咬住那只狮子的尾巴，一边发出嘶吼声，一边用熊掌紧紧地抓住狮子的脚，用力下拉，狮子从树上掉了下来。可狮子也不甘示弱，趁母熊保护幼熊的时候转身咬住母熊的耳朵，撕下了一块耳朵后跑了。但勇敢的母熊不顾自己的耳朵疼，还是坚强地驱赶那只侵犯它们领地的狮子。

"樟树下有一摊血印子。"

眼尖的彤彤·居里发现母熊躺着的地方有鲜红的血时就大声叫嚷着。此时的小铭阳才意识到那只母熊早已受伤，刚才是流血过多晕了过去，而不是像大家所想的睡着了。

母熊追了一会儿，确信狮子跑远后，才返回樟树下倒了下去，一旁的两只幼熊以为妈妈又睡觉了，不停地发出呼唤的叫声。

"哈哈，母熊受伤不行了，两只可爱的小熊可以成为我们的美餐了！"彤彤·居里见可怕的狮子已消失在茫茫的山林深处，母熊因伤也奄奄一息，兴奋得手舞足蹈，自言自语道。

"我们可以生火了，看把熊放在火上烤的味道会怎样。"

乌里·朵朵想起了火把，于是，想尝尝火上烤的肉与生吃有什么不一样。

"大王，我们可以先把笨重的母熊吃掉，然后把两只携带方便的幼熊带回家，让老家的兄弟姐妹也尝尝鲜。"有一个名叫金碧·多里的年长小矮人向小铭阳请示。

小矮人们都把目光聚焦到他们的新大王身上，脸上充满着期待，渴望能得到允许，享受一下熊肉的鲜美。

这时的小铭阳眉头紧锁，心想：这些未开化的小矮人，连幼熊和受伤的母熊都不放过，太缺少同情心了，怎么回答他们呢？

"你们有没有看到，母熊已受伤，命在旦夕，而两只小熊马上要失去自己亲爱的妈妈了，可怜不可怜呢？"当小铭阳看到幼熊守护在妈妈旁边，不停地轻声叫唤时，他灵机一动，顺势反问道。

"如果没有妈妈,幼熊的确很可怜,那我们怎么办呢?"

彤彤·居里看到两只幼熊在母熊旁不停地用前掌抚摸着妈妈的背部和头部,希望妈妈醒来帮它们找吃的。于是,联想到自己小时候多么希望能得到妈妈爱护的情景,他对处于绝境之中的动物的怜悯之心便油然而生。

"如果把母熊伤口的血止住,再想办法让它苏醒过来,那两只幼熊不是有妈妈了吗?"小铭阳微笑地看着彤彤·居里说道。

"那不行,如果我们受伤倒地了,那强壮的母熊可不会放过我们的。"乌里·朵朵看着小铭阳说。

"当处于困境的动物得到我们的救助而存活下来,也许它们下次就不会攻击我们了。"

小铭阳想通过反问来启发小矮人们改变以前的思维习惯,因为善良的行为有时会带来一些意想不到的收获。

乌里·朵朵与其他小矮人的头摇得像拨浪鼓一样,不明白小铭阳葫芦里卖的是什么药。

"我们现在一起去找止血草药,好吗?"

不一会儿工夫,小矮人们把很多艾叶草、侧柏叶、马兰头等止血草递给了小铭阳。

"现在谁去帮母熊止血疗伤?"

小矮人们面面相觑,谁都不愿去接触那只看上去有点凶恶的母熊。

"那母熊对我们小矮人来说太庞大了,如果它醒来突然攻击我们,那不是很可怕吗?"

乌里·朵朵见大家都不作声,于是把大家的担忧说了出来。

"我愿意去帮可怜的母熊止血疗伤。"

第九章　拯救危难中的母熊

听到彤彤·居里的话，小矮人们都吃惊地看着他，便问道："你不怕危险吗？"

"如果我们都不去帮母熊止血的话，它会死的，那么幼熊就会因失去妈妈的保护而受到其他凶猛动物的攻击。"

听到彤彤·居里说一些为幼熊安全担忧的话，其他的小矮人都羞愧地低下了头。

"好吧，我们不能再等了，彤彤·居里、莫塔，你们两个拿着止血的草药跟着我，我来给母熊止血疗伤。"

小铭阳大踏步地向躺在大树下的母熊走去，莫塔和彤彤·居里则紧跟其后。两只幼熊看到有人走过来，惊慌地躲得远远的。小铭阳蹲下来，接过莫塔和彤彤·居里手中递过来的止血草，用自己的双手搓烂，把搓烂的止血草分别敷在母熊的胸部伤口和耳朵伤口。

躲在远处的小矮人们看到自己的大王小铭阳、彤彤·居里、莫塔一点也不惊慌地在给母熊敷药，而母熊则一动也不动地躺着，心里很是奇怪。不远处的两只幼熊见自己的妈妈没有受到伤害，缓慢地向母熊那儿走了几步，之后便蹲在地上好奇地看着他们在给自己的妈妈敷药。

"伤口的血已经止住了，接下来怎么办呢？"

当小铭阳给母熊敷完药后发现它仍然处于昏迷状态，一时着急便问莫塔。

"母熊流血较多，需要补血，给它吃一点食物吧。"

莫塔根据大脑中储存的知识及时给予了答复。于是，小铭阳吩咐彤彤·居里去拿一点食物。彤彤·居里从自己的小矮人群中拿了一些甘甜的葡萄来，小铭阳便把葡萄搓成浆汁，然后在莫塔的帮助下掰开母熊的嘴巴，把浆汁灌进母熊的嘴里。

星外小人国奇遇记

第九章 拯救危难中的母熊

为了不打扰母熊休息，小铭阳、莫塔、彤彤·居里迅速地离开了母熊，返回到不远的小矮人群中。小矮人们还舍不得离开，他们想看看母熊能否醒过来，幼熊能否在母熊的怀抱中得到保护，而不受其他野兽的伤害。

两只幼熊看到三个人走开后急忙奔到母熊的旁边，分别用自己的舌头舔妈妈的头部，过了一会儿，便依偎在母熊的身边。

没过多久，母熊突然站了起来，面向小铭阳所在的矮人群，但它没有敌意，而是用前爪轻轻地摇晃了几下，似乎在跟他们打招呼。

"为什么母熊没来攻击我们呢？"

乌里·朵朵看到母熊站起来发现人类后，没有后退也没有进攻，便困惑地自言自语道。

"尽管母熊昏迷了，但它能感觉到刚才我们在帮它止血治疗。"彤彤·居里似乎悟道什么，便脱口而出。

"我们要感谢大王，让我们看到了仁爱的力量，凶猛的母熊也能因关爱而消除对我们的敌意。"金碧·多里举起了大拇指，赞美小铭阳的善举。

"母熊的伤口会慢慢长好，幼熊安全了，我们继续出发吧！"

小铭阳一声令下，大家又开始往回家的路上赶。小矮人们没走多远回头看到母熊依然站着，用前爪依依不舍地向远去的恩人告别。此时的乌里·朵朵发现，原来小矮人与野兽的相处除了相互厮杀外，还可以用另外一种友爱的方式来进行。

小铭阳心头有一股暖流涌遍全身，喜悦之情溢于言表，他感到全身有使不完的劲。

第十章
暴风雨中的考验

"翻过这座骆驼山即可到达我们的家了。"

走在队伍前面的彤彤·居里用手指了一下前面的那座长满树木的骆驼山后说道。

走近骆驼山时,刚才还是蓝天白云的天气突然翻脸了,一阵很大的风吹后,一片片乌云从天边快速地飘了过来,随后是一道道闪电、一阵阵响亮的雷声。树木被大风吹得大摇大摆,树叶不断地发出"沙沙"的声音,似乎已失去了控制。大风还不时地发出"呜呜"的呼啸声,一场大暴雨就要来临。

"大王,我快要被大风吹倒了,拉一下我的手。"

小铭阳循声望去,发现彤彤·居里的衣服被风吹了起来,人蹲在地上,身体随时会被大风吹走似的。小铭阳大踏步地走了过去用右手紧紧地抓住了彤彤·居里的手。此时的彤彤·居里顺势绕到小铭阳身后,死死地抱住他的小腿。

"我们应该找一个安全的地方躲一下,这样的狂风之后会有大雨。"莫塔根据地球上暴风雨的经验,及时提醒小铭阳说。

小铭阳看到大家被大风吹得东倒西歪的样子也乱了阵脚,不

第十章　暴风雨中的考验

知所措,听到莫塔的提醒,马上吩咐大家去寻找一个可以躲避的地方。

只见乌里·朵朵率领白脸小矮人迅速地跑到山脚下去寻找避风的地方。

"大王,这儿有一个可以避风雨的山洞。"

这顺风而来的响亮声音让小铭阳精神一振,转身望去,乌里·朵朵在一棵很大的槐树后面向他招手。

小铭阳马上用手势通知大家往那山洞去。走近那山洞,小铭阳才发现槐树上长满了黑褐色的槐籽,密密麻麻的金黄色叶子随风飘落在地,给人以凄凉的感觉。槐树的树干正好挡住了山洞的入口,一般路过的人很难想到槐树后面还有一个可以躲风雨的山洞。小矮人们兴奋地走进山洞,但不高的山洞迫使小铭阳弯下了腰。

电闪雷鸣后,"哗哗",暴雨倾盆而下。不一会儿工夫,大量树叶不断随着雨水飘落下来,像是给大地铺盖了一层厚厚的金黄色被子。地上的小水花不见了,而那些树叶在雨中是那样的干净、明亮、润泽,让人感受到大自然的力量。暴雨中的槐树,使小铭阳忘记了可怕的暴雨,转而把他的思绪带回到幼年时梦见的一个童话世界。

那是读小学前的一个月,几十年不遇的大雨连续下了一个多星期,贪玩的小铭阳被迫无聊地待在空间有限的屋里,天天盼望着雨过天晴。可老天像有意跟他作对似的,大雨仍然滴滴答答地下个不停。一天晚上,小铭阳很早就进入了梦乡。在梦中,他梦见自己变成了一只可以自由飞翔的鸟,为此,他兴奋极了,展开可以带他去任何地方的翅膀。穿过了窗户,他俯视那熟悉的屋前草坪和那波光粼粼的湖面后就越过了茂密的森林。这一旅程虽短

第十章 暴风雨中的考验

但快乐无比,小铭阳感到自己可以随心所欲地飞翔,飞累了可以在高空用疲倦的翅膀向下滑翔,并像风筝一样随风飘荡,身心感到无限的舒畅,整个世界似乎都是属于自己的。可飞到了无边无际的大海后,小铭阳停止了飞翔,因为海面起风了,汹涌的波涛随风而起,自己随时面临被海浪吞噬的危险。那时小铭阳的梦就戛然而止,大海中的惊涛骇浪使他惊醒。

"咔嚓",槐树的一根树枝突然被一阵猛风吹断。树枝的断裂声把小铭阳的思绪带回到现实中,他似乎意识到:只有自由飞翔的翅膀还不够,还需要可以让自己自由飞翔的环境。

"这样可怕的大暴雨,我出生到现在还是第一次遇到。"

听到年长小矮人金碧·多里这样说,其他的小矮人们都纷纷应和。

天黑了,暴风雨还在持续着,小铭阳、莫塔和小矮人们太疲倦了,就地躺在山洞中睡着了。醒来时,大家发现天亮了,雨也停了。

"不好了,外面的大槐树被刮倒了!"

听到彤彤·居里的尖叫声,小铭阳、莫塔和小矮人们迅速往洞外看,果然,整个槐树倒在一旁。再往前看,杂草像被压扁了一样,而树木都已东倒西歪地倒在山地上。

"大王,我们赶快回家吧,看这暴风雨是否波及家里!"

虽然白脸小矮人们还在骆驼山的这一边,但心早已飞到了家的那一边。随着小铭阳的一声令下,他们归心似箭,很快就翻越了骆驼山,来到了盼望已久的家边。

"糟了,橘子树、石榴树、梨树都倒了!"

"啊!连那棵大榕树也倒了,我们的家不在了,我们的家人呢?"

小矮人们看到家乡的草木被狂风吹倒后,哭声、叫喊声一阵接一阵,空气中弥漫着哀伤的气氛,他们非常担心家人的安全。

"快到倒下的榕树洞里看看,有没有人?"

听到小铭阳的提醒,乌里·朵朵、彤彤·居里冲到队伍的最前面,尽管有些积水已淹没了他们的膝盖,但这并没有阻挡他们前进的步伐,他们拼着命、顽强地一步步蹚过积水,向远处的大榕树奔去。看到这感人的场景,小铭阳和莫塔也大踏步地蹚过积水,拉着彤彤·居里的手第一时间赶到了榕树旁。

"人都去了哪儿?哇——"

当彤彤·居里发现榕树洞里空无一人,便控制不住自己的情感,眼泪像断了线的珍珠一样从他的眼中往下落,并不断地发出抽泣声。

此时的小铭阳不由自主地朝四处打量,原来美丽的景色已不在,到处是残枝、污泥、积水,一番凄凉的景象。

听到彤彤·居里的哭泣声,其他小矮人也抑制不住自己的情绪,不断地掉眼泪。

小铭阳想:我刚出虎口,又入狼窝。刚被乌云黑洞卷进陌生、原始的星外小人国,又在小人国遇到可怕的暴风雨。想到伤心处,小铭阳的眼眶也开始湿润了,泪珠从他的脸庞滑落。

"铭阳哥,你是小人国的大王,现在不是你伤心的时候,你要帮助他们重建家园。"

经莫塔一提醒,小铭阳突然感到自己失态了,心想:是啊,我不能哭!作为小矮人国的大王,也不应该在他们面前落泪,原来自己的内心和小矮人一样脆弱呀,我一定要坚强起来,给他们带个好头,帮他们走出困境。

可如何去当好小人国大王呢?其实,他自己也不知道。他又想：我在地球上还得靠妈妈的照顾，现在处于异星他国却还想当小人国大王，我有足够的能力面对眼前的一切吗？我还是放弃吧，还做自己的地球人，去寻找回家的路。

"轰隆隆……"

听到这一震耳欲聋的声音，小铭阳本能地抬起头，发现高高的坡上有一块石头正叽里咕噜地往下滚落。对小铭阳来说这块石头并不大，但对小矮人来说，这就是一块巨石。千钧一发之际，他抱住正中的居里滚到一边，巨石从他们身边擦过，大家吊在嗓门的那口气终于吐了出来。

"你不愧是大王，胆大心细，干得真漂亮！"

乌里·朵朵一边举起拇指一边赞美道。

乌里·朵朵的话让小铭阳振奋不少，他笑得像花朵一样。此时的小铭阳感到，他的内心已变得强大起来，遇到问题能迎难而上，不自觉地举起了右手，大喊道："我——能——行！"这喊叫更像是对自然灾害的一种宣战，打破了悲伤、沉闷的空气。

萎靡不振的小矮人们看到大王坚强的模样，一下子来劲了，都举起右手一起喊道："我们——也——行！"喊叫声直冲云霄，他们从彼此的鼓励中获得了战胜困难的力量。

"可我们家里的人都去哪儿了呢？"

想到自己的亲人和部族的人不知道在暴风雨中去了哪里，着急的彤彤·居里又开始哭起来。

小铭阳感到这是懦弱的表现，因为哭不但不能解决问题，反而使人的情绪低落起来。

"人不可能无缘无故地失踪，大家一起想一想，他们可能去哪里了。"

"三个臭皮匠顶个诸葛亮"，当自己一时没有办法时可依靠集体的智慧去解决问题。

"听老人们说,这附近有一个避险洞,我们要走两个小时才能赶到那儿。他们会不会在那儿呢?"金碧·多里突然想到。

"那不是彤彤·居里的奶奶说的吗?她曾经在小时候跟她的爸爸去过那个避险洞,可这儿一直是风和日丽的,谁也不愿意花两小时去那个偏僻又没用的洞。"

乌里·朵朵想起彤彤·居里的奶奶曾劝他去熟悉一下避险洞,万一灾害来临时可以派用场,可懒散的他,因为感到路程远就没有去。

"你知道那个避险洞的具体方位吗?"

听到乌里·朵朵这么一说,小铭阳眼睛一亮,似乎看到了希望。

"要从左边走半小时,再翻越一座名叫兔子山的小山,走到三座山交界处就到了。"

乌里·朵朵边回忆边回答说。

"好吧,我们现在马上行动,乌里·朵朵,你带路吧!"

寻亲队伍出发了。乌里·朵朵作为向导,走在队伍的最前面,小铭阳和莫塔紧跟其后。

心急火燎的他们艰难地绕过被风暴肆虐过的山路。走过一段泥泞小道后,发现这样走起来实在太慢了。

"我们可以直接翻越这座山,走直线。"小铭阳说。

"可要穿越被狂风吹倒的杂草以及东倒西歪的树木,也很麻烦呀!"乌里·朵朵说道。

于是,小铭阳带领小矮人们,手拉着手,相互扶持,齐心协力跨越倒在地上的树木,来到三座小山的交界处。虽然他们汗流浃背,喘着大气,但只用了一个小时就赶到了目的地。

第十章 暴风雨中的考验

"避险洞在哪儿呢?"

彤彤·居里用右手遮着光线,眺望远方,左看右看,却没有发现洞穴。

"那座山脚呈尖角形的山叫什么?"

"蛇形山。"

小铭阳仔细观察,蛇形山果然很细长。

"那紧靠着蛇形山的那座呢?"小铭阳指着有点眼熟的最左边的那座山问道。

"那是我们刚翻过的骆驼山。"

小铭阳感到自己真是晕头转向了,连刚爬过的山都记不起来了。

"我们到蛇形山脚下仔细找找。"

小铭阳的话还没有说完,小矮人们已急不可待地跑向蛇形山山脚。越往那里走,小铭阳越感到这里像世外桃源,花草树木完好无损,丝毫没有受到暴风雨的影响。可蛇形山下,却看不到洞穴。

"请多在树木的后面找找,看是不是被树木挡住了。"

大家在蛇形山下东找西看,生怕自己查漏了。可翻了个遍也无法找到避险洞,只好就靠在树木下休息。

一会儿工夫,可能是太累的缘故,小矮人们进入了梦乡。

"如何找到这个避险洞呢?"小铭阳紧锁眉头问莫塔。

"铭阳哥,你现在是大王了,应该有办法呀!"

莫塔的话使小铭阳感到羞愧,自己太依赖别人了。在家依赖父母,外出则依赖莫塔。现在当了小人国大王,还是要依赖莫塔,是时候要学会自立了!

"我们采取排除法,一个山脚一个山脚去找,怎么样?"

莫塔觉得可行。

看到小矮人们睡得都很沉，小铭阳不忍心把他们叫醒，于是，就自己和莫塔到了兔子山山脚下。虽然他们小心翼翼地查看每一个疑似山洞的地方，但结果都是失望而归。现在他们只有把希望寄托在骆驼山的山脚了。

"原来躲避暴风雨的山洞在骆驼山头部的山脚下，现在我们站的位置是骆驼山尾部的山脚下。也许骆驼山头部的山洞和尾部的山洞是相连的。"小铭阳猜测道，莫塔点头鼓励他，但没有说话，因为在没有发现避险洞前，任何判断都仅仅是猜想。

很快，小铭阳和莫塔来到了骆驼山山脚，发现了一个隐藏在大松树后面的山洞。

"莫塔，快来看，我找到避险洞了！"

小铭阳像发现新大陆似的叫着莫塔。

"是山洞，但太低了，只有小矮人那样高。"

莫塔过来一看，山洞又小又低，连身材不高的她都无法直立进去。

"我先爬进去看看。"

莫塔一边说一边双手着地准备往山洞里爬。为了防止头部撞上障碍物，她叫小铭阳给她弄一根小树枝来探路。莫塔小心地用小树枝查看前方是否有路，一边慢慢地往里爬。没爬几步，她就发现这个山洞很短，到处是乱石，只好返回。

看到莫塔无功而返，小铭阳失望地摇了摇头，但他没有气馁。

他们又找到了几个山洞，但都不是避险洞，是很小很小的山洞，连兔子都爬不进去。

小铭阳拖着疲惫的脚步无精打采地走在莫塔的后面，无心欣

第十章 暴风雨中的考验

赏周边散发出鲜活生命气息的花草树木，只希望能尽快地找到那传说中的避险洞。

"听，好像有小孩的哭声。"

听到莫塔的提醒，小铭阳精神一振，赶紧竖起耳朵静听，隐隐约约从远处传来小孩的哭泣声。

小铭阳兴奋地拉着莫塔的手，快速地朝哭声跑去。跑了一会儿，小孩的哭声变得清晰起来。

"对，就在前面骆驼山山脚下的树荫里。"

小铭阳三步并作两步地往前赶，生怕哭声会突然消失。可奇怪的是，快要赶到那里时，断断续续的哭声却消失得无影无踪。

小铭阳和莫塔只好在附近细心寻找。这是树木林立、杂草丛生、荆棘密布的荒野之地，小铭阳却毫无畏惧，拿着很长的树枝探路，耐心地寻找每一个角落。汗珠从脸庞滑落；衣服也已经湿透；手臂和腿部的衣服在穿越一片蔓延开来的血红色荆棘时被划破了；手背也渗出了一点血，留下一条长长的血印。平时看到鲜血就头晕的小铭阳，这次却一反常态，因为这是为找避险洞而流的血，他感到值得。

"我们是不是找错了地方？"

在寻找了近一个小时后，莫塔提醒道。

"不会错，应该就在这附近。"

小铭阳的耐心和认真打动了莫塔。

"铭阳哥，你休息一下吧，我来找，我是机器人，划破皮肤也不会流血的。"

莫塔心疼小铭阳，想让他休息一下。

"呜呜呜……"

又听到小孩的抽泣声，小铭阳和莫塔连忙循声跑去。不到五分钟就到了那地方,但孩子的哭泣声又戛然而止。

"这个地方刚才来过,除了一棵大槐树外都是杂草,哪里有山洞呢?"

小铭阳一边自言自语一边绕到槐树后面查看,但除了平整的山地就是杂草。

"左边山壁上长满杂草和藤蔓,但凹进去的地方有一点小空地,我们再进去看看。"

小铭阳拿着树枝拉着莫塔的手往那块到处是碎石的狭小空地走去,越往里走空间越小,不到三十步路就到了头。

"又是死胡同,怎么办?"

莫塔走到了尽头,问小铭阳。

"看那边有一个很窄很高的石缝,我们侧着身体进去看看吧!"

小铭阳边说边拉着莫塔走近,侧着身体进入石缝。

"哇!那不是我们要找的避险洞吗?"

穿过石缝,随着莫塔的一声惊叫,小铭阳环顾四周,发现一个很高很大的洞穴。但莫塔往里跑了几步就返回了,并拉着他往回跑。

"好不容易找到了避险洞,为什么不进去看看呢?"

看到莫塔拉着自己的手要往回走,小铭阳不解地问道。

"避险的小矮人以为我们是强盗、怪物,他们正拿着木棍等着我们呢!"

小铭阳明白了她的用意——回去把九个小矮人叫回来,避险洞里的小矮人们便明白一切了。

第十一章
避险洞中的生存智慧

　　九个小矮人在沉睡中被叫醒,得知这一消息后,他们别提有多高兴了。在小铭阳和莫塔的带领下,他们来到避险洞,终于与亲人见面了。

　　"奶奶,我回来了!"当彤彤·居里见到奶奶菲斯·玛丽时,便扑到她的怀抱,相拥而泣。

　　小铭阳走进洞中,洞不长,只有几米,但它只是一个入口。穿过这个入口便是一个天然的圆形露天园子,里面有花草树木,中间还有一个清澈见底的水潭。园子周围还有八个可以居住的洞穴,加起来可以容纳几百个小矮人。

　　当德高望重的菲斯·玛丽得知小铭阳是他们的恩人和大王时,便率领洞中的人跪在小铭阳面前,希望他能帮助他们重建家园。

　　小铭阳立刻蹲下来扶起了菲斯·玛丽,答应她想办法帮他们渡过难关。

　　"奶奶,你们是如何躲过暴风雨的袭击,安全地到达避险洞的?"

彤彤·居里好奇的提问使菲斯·玛丽陷入了沉思。一会儿，她清了一下嗓子，开始讲述那段暴风雨前后的经过。

菲斯·玛丽是白脸小矮人族中最年长的老太太，经历过无数场大小不一的暴风雨。这次猛烈的暴风雨来临前，菲斯·玛丽就隐约地感受到它与自己少女时遇到的一次暴风雨相似。一片片乌云来得很快，而且又黑又大，似乎有不寻常的意味。于是，她就想到了爷爷带自己到避险洞避险的经历。正是这次及时的避险，才使全族人活了下来。

"奶奶，全族人怎么这么容易相信你，愿意离家花两个小时到这个避险洞来？"

菲斯·玛丽听到这么一问，停顿了一下，微笑着继续说起来。

虽然暴风雨来临前，很多人不愿意跟她走，他们不相信暴风雨会很大，但机灵的她告诉全族人，那个避险洞里有取之不尽的食物，谁先找到就是谁的，所以他们都争先恐后地赶来。原来要两个小时的路程，只用了一个小时就到了，因此，他们很幸运地躲过了迅猛而来的暴风雨。

"奶奶，听大王说，在避险洞里不断传出小孩的哭泣声，那是怎么回事啊？"

"由于走得匆忙，所以没有带食物。山洞里又根本没有吃的，大家已经一天一夜没有进食了，所以小孩饿了就开始哭，我们给他点水喝，他就停一会儿。过一会儿，他饿了又开始哭，所以就出现了断断续续的哭声。后来，我们用水潭里找到的莲藕喂他，他就不哭了。"

"那你们饿了为什么不吃莲藕呢？"彤彤·居里又问。

"你没看到水潭中的莲花只有两朵吗？大家都吃就要绝迹了！

暴风雨后，果树都被毁了，我们把能吃的果子都吃了。现在已没有可吃的了。"

"大王，您是智多星，帮我们想想办法吧！"肚子饿得咕咕叫的乌里·朵朵指着自己的肚子对大王说。

小铭阳一筹莫展，心想：我也饿啊，现在连我自己挨饿都无法解决，叫我如何帮助几百人解决粮食问题呢！

小铭阳左思右想，突然心生一计：对呀！我们地球上原始社会的人类应该有很多方法，我可以从古书上去找方法，可以问一下莫塔呀！

小铭阳想到这儿，便问道："莫塔，你知道地球原始人类在挨饿时怎么办吗？"

莫塔迅速查找原始人类遇到各种灾害后如何生存的信息，然后回答说："如果处于困境的人们一时找不到食物，应该减少消耗，可以静坐或躺卧，以延长生存时间，等灾害过后再找食物。"

"现在灾害已经过去了。"

"我们可以先到附近寻找可食用的草木。"

小铭阳马上想到了古人所写的《神农本草经》《本草纲目》等著作。

"你能根据储存的信息告诉我们哪些草木可食用吗？"

莫塔连忙说："有枸杞、马兰头、荠菜、蕨菜、木耳、蒲公英、车前草、葛根、黄精等。"

"我不认识它们，你带路，我跟你去找。"

这时，小铭阳急于帮避险洞的人群找到可充饥的食物，以解燃眉之急，所以催莫塔快点出发。

当小铭阳和莫塔走出避险洞，找到一个可爬的斜坡后，他们就往骆驼山上爬。

"大王，这儿发现一大片可食用的黄精叶子，下面的根很甜，营养丰富，长期吃可使人健康，也可作为粮食食用。"

不一会儿工夫，莫塔在背阴山坡地的肥沃沙壤土中发现了黄精，惊喜地对小铭阳说。

小铭阳仔细地观察后发现，这些绿色的植物小叶对生，像竹叶但稍短，两叶相对。

于是，他迫不及待地用路上找到的尖石作为工具开始挖掘。

"哇！这么多。"

小铭阳挖了一会儿后，尝了一下，发现味道很甜，于是忍不住吃了起来。一会儿工夫，小铭阳感到全身有劲了，说话声音也洪亮了。

"想不到黄精的功效还真大，连说话声都变大了。"

"黄精还有润肺补气的功效呀！"

一向不喜爱传统文化的小铭阳，意识到原来传统医学这么有用，于是想问一下黄精具体的功效。

"《本草纲目》曰：黄精，又明黄芝、鹿竹、野生姜。其根，味甘，性平，无毒。主补中益气，除风湿，安五脏。久服延年，不感到饥饿。"莫塔看到小铭阳认真地关注起黄精的功效，便一字不落地把储存的黄精信息说了一遍。

听莫塔这样一介绍，小铭阳心想：既然黄精这么有用，我们为什么不挖一些回去先当粮食吃呢？

于是，他用足了劲，与莫塔一起挖了几十根，并用藤条捆扎起来带回避险洞。

小矮人们见到食物，不一会儿工夫便一扫而空。

小铭阳原来想第二天再跟莫塔去挖黄精，可天公不作美，又下起了雨，时大时小，竟然连下了两天。作为小矮人大王的小铭

第十一章 避险洞中的生存智慧

阳紧锁眉头，非常担心小矮人们的食物问题。可奇怪的是，小矮人们食用黄精后都感到肚子有点饱，连续两天都没有饥饿感，连上次饿哭了的小孩也出乎意料地安静。

雨水不断地敲打着水潭中的荷叶，滑落到叶心。顷刻间荷叶中心晶莹剔透的雨滴都聚在一起，像沉重的水银一样使荷叶东摇西晃起来，最后弯下腰将水珠滑落到水潭中。

小铭阳突然发现，落了这么久的雨，无论雨大还是雨小，水潭中的水位始终保持在一个水平，给人以无限的遐想。

"下到水潭的雨水去哪里了？"

面对小铭阳的提问，素有智多星之称的莫塔也只能摇摇头。

小铭阳心想：是啊！大自然有太多的奇特现象。很多事情很难用常理去解释 自己为何莫名其妙地被黑云洞卷进了小人国？小人国避险洞中的水潭水位为何不受下雨的影响？黄精既然能使人不饥饿，我们人类又为何不把它作为主食呢？我们祖先曾有许多智慧和经验，只是在现代文明的冲击下，它们没有被很好地保存、传承下来。

想到这儿，小铭阳的脑海中又浮现出他五岁时在"超级快乐营"的画面。

在那里，有好吃的、好喝的、好玩的……你可以随心所欲地做自己乐意做的事。

饿了，你可以在自助菜室随便选取爱吃的食物。好吃的食物太多了——有甜酸苦辣、五颜六色的蔬菜类、菌菇类、肉类、鱼类以及各式甜点。有这么多丰盛的美味，谁会去挖黄精吃呢？

饱了，你就可以躺在娱乐室里可摆动的舒适摇椅上，用小嘴对着前面的声控娱乐屏幕说几声，欣赏你所喜欢的童话剧或滑稽片。

能量过剩又无聊时，你可以在发泄室对着讨厌的机器人痛打、宣泄；当然，你也可以选择在球室、武术室、登山室等运动室消耗自己多余的能量，直至筋疲力尽。

异想天开时，你可以到幻想室操纵魔力机器人，展开自己想象的翅膀，机器人屏幕上就会呈现你想看的画面——展翅翱翔的大鸟能飞越波涛汹涌的大海，能打败魔力无限的恶魔，能乘坐宇宙飞船穿越星际……

如果你生活在沉湎于享受无限快乐的现代物质社会中，你还有时间和心情去思考人类曾经的智慧吗？

一束刺眼的阳光直射小铭阳的双眼，打断了他的思绪，把他从地球的回忆中拉回到眼前的困境。

小铭阳本能地眯缝着眼抬头朝天空望去，乌云正在一块块地散去，久违的太阳从云后伸出可爱的脑袋，给人们带来了希望。

小矮人们都兴奋地走到园中仰望太阳。过了一会儿，他们似乎缓过神来，目光都齐刷刷地投向他们的大王，似乎在问："接下来，我们该往哪里去？"

第十二章
迁徙中智打老虎

"大王,我们现在要返回原来的住所吗?"彤彤·居里打破了寂静第一个向大王提问。

"回去有什么用,果树、榕树等吃的、住的都被暴风雨摧毁了!"

直爽的乌里·朵朵这么一插话,小矮人们你看看我,我看看你,低下了头。

"那我们去哪儿呢?"金碧·多里不知所措地问道。

小铭阳听到大家的议论,心想:我们现在正处于抉择的十字路口——如果没有回头路,就应该往前走,去寻找生存的新希望。想到这儿,小铭阳的心定了,决定去开辟一条新生活的大道。

"既然我们不能回原来的住所,那我们就应该去寻找新的希望。你们比我更熟悉这小人国,请告诉我往哪儿走才更适合我们去创建新的家园?"

经小铭阳这样一说,大家七嘴八舌,议论开了:

"我们可以去黑脸小矮人的居住地,那儿没有经历过暴风雨。"

"不行,我们刚从那儿回来,他们自己也勉强度日,食物也不多。"

……

"这儿也不能去,那儿也不能去,那我们去哪儿?"

见到大家争论不休,菲斯·玛丽老太按捺不住心中的激动说:"我听老人们说,西面是富饶的森林和平原,那儿住着黄脸小矮人,我们可以往那儿走。"

"可我们仅仅是听说,谁也没有去过那儿,万一有意料之外的危险怎么办?"乌里·朵朵担心地说。

小铭阳感到自己作为他们的大王应该当机立断,给出一个前进的方向。

"菲斯·玛丽是一个充满智慧、值得我们尊敬的前辈,我们现在开始向黄脸小矮人居住的西面进发!"

小矮人们精神一振,他们相信这个高大智慧的大王,都兴奋着、欢呼着、跳跃着,走出了避险洞,唱着歌,信心满满地朝富饶的茂密森林和平原方向前进……

> 来了暴风雨,
> 没有了吃,
> 没有了住,
> 避险洞让我们置身其内,
> 那是咱伟大祖先的智慧。
>
> 来到避险洞,
> 没有了吃,

没有了梦，
大王让我们绝处逢生，
那是靠星外人的支撑。

出了避险洞，
没有了住，
但有了梦，
咱腿上有使不完的劲，
那是因为有美丽憧憬。

小铭阳带着小矮人们翻越蛇形山往西走。由于迁徙队伍中有不少老人小孩走不快，小铭阳就带头背起了菲斯·玛丽老太，勇往直前。其他的青壮年像乌里·朵朵等也纷纷背起老人，紧跟着小铭阳往前赶。

"呀！前面的山林茂密，群山险峻，我们能穿越吗？"

"太累了，先休息一下吧！"

"我们应该在天黑前穿越危险地带，以防野兽的攻击。"

大家又七嘴八舌地议论起来，未等小铭阳的命令，小矮人们就随地躺在大树下休息了。

"不要怕，听前辈们说穿越高山险峻就是一马平川了。"

菲斯·玛丽老太看到大家一遇到困难就气馁，连忙从小铭阳背上下来给大家喊话。

"奶奶，可我渴了，要喝水。"

彤彤·居里用小手指着自己的嘴巴说。

"你没有听到前面有'哗哗'的瀑布声？"

顺着奶奶手指的方向，彤彤·居里细心地倾听，果然有瀑布飞泻而下撞击石头的声音。

小铭阳再次背起了菲斯·玛丽老太,顺着她指的方向往深山走,小矮人们也紧跟其后。过了一个峡谷,瀑布声越来越清晰。

再走近点,只见一条约一米宽的瀑布从险峻的山石间直泻而下,在水潭中溅起很大的水花。一阵微风吹来,瀑布飞散的水雾让小矮人们在几米外都能感受它的凉爽。他们喝了水,解了渴,但还觉得不解乏,想在凉爽的瀑布下休息片刻。

夜幕快要降临了,有经验的菲斯·玛丽老太提醒小铭阳叫小矮人马上出发。小铭阳给小矮人们发出指令,立即出发。

"我们太累了,让我们再休息一下吧,更何况我们的前辈菲斯·玛丽也有说不准的时候;现在已过了险峻山林,但还没有看到一马平川,前面也许有数不清的崇山峻岭呢!"乌里·朵朵噘着嘴巴,不高兴地说着。

"出发!为了安全,前面哪怕有再多的困难,我们也要尽力往前。"

看到男女老少庞大的队伍七零八落地躺在路上,小铭阳想假如真碰到凶猛野兽的袭击,后果将不堪设想。因此,他果断地下令继续前进,自己背着菲斯·玛丽走在最前面。

听到出发的指令,乌里·朵朵很不情愿地起来与队伍一起继续往前赶。

穿越了峡谷,左边呈现出一片杂草小树林,右边仍然是险峻的小山。

"啾啾啾……,嘟……崴特……"

鸟兽的叫声给大地笼罩了一层毛骨悚然的气氛。太阳正在慢慢地消失,夜幕像一张灰色的网慢慢地撒落下来。小铭阳叫乌里·朵朵在队伍后面断后,自己则在最前面开路。

不一会儿，小铭阳来到了一线天。借助皎洁的月光，能看到险峻的山脉中间有两块巨大的石壁高耸入云，中间有一条又长又细小的石缝，仅容一人侧身通过。

于是，小铭阳叫乌里·朵朵带着队伍一个个地穿过一线天，自己则仍在这边守着大家，以防不测。

"嗷呜——"

随着左侧森林深处传来老虎的长啸，长长的队伍像散了架似的乱成一团。

小铭阳和莫塔分别从大树上折下一根树枝，守护在小矮人边上，给他们壮胆。

看到高大魁梧、威风凛凛的两个星外来客稳稳地守在自己身旁，小矮人们紧张的心情慢慢地平静下来，不再一窝蜂地往一线天那里拥，而是有条不紊地穿越一线天。

当队伍几乎全部穿过一线天时，只有好奇而大胆的彤彤·居里还站在一线天旁观望着老虎的动静。

于是，小铭阳和莫塔开始往一线天大踏步地走去。

又随着"嗷呜……嗷呜"的老虎叫声，突然，有三只大小不一的老虎从厚厚的杂草后面窜了出来，其中最大的一只扑向小铭阳。

小铭阳本能地转身一瞧，原来小人国的大老虎只有地球上三只大猫那么大，因此心里不太害怕。小铭阳快速往左面跳了一下，大老虎扑了空；小铭阳趁机拿起树枝朝大老虎打去。大老虎还挺灵活，右闪了一下后竟然直奔小铭阳的头部扑去。说时迟那时快，小铭阳一闪一绕来到大老虎背后，顺势用脚猛踢大老虎的屁股。大老虎向前踉跄了几步，另外两只小老虎则在原地气鼓鼓地瞪着小铭阳。

"救命啊……救命！"

看到凶猛的老虎，胆战心惊的彤彤·居里迅速地往一线天跑，不小心摔了一跤，爬不起来，连喊救命。

小铭阳听到彤彤·居里喊救命的声音，连忙叫莫塔去救他。

"有三只老虎围着你，你一个人能行吗？"

莫塔看到三只凶猛又不死心的老虎，真为小铭阳捏一把汗。

"我是大王，你听我的，马上去救彤彤·居里！这是命令！"

莫塔只好很不情愿地到一线天去救彤彤·居里。

三只老虎看到只剩下小铭阳一个人了，于是胆子一下子大了起来，绕着他慢慢地走了三圈。此时，小铭阳隐隐约约地感到三只老虎可能会同时发起进攻。耳旁突然响起中国一句老话："狭路相逢勇者胜"，于是他主动发起进攻，拿起手中的树枝猛地朝左边的大老虎打去，大老虎轻松地向右边一窜，便躲过了小铭阳重重的一棍子。此时，另外两只小老虎吓得往后跑了几步后又转身扑向小铭阳。小铭阳迅速一躲后马上毫不畏惧地用树枝进行了反击，两只小老虎又后退了几步。这时，左边的大老虎又开始向小铭阳发起进攻。小铭阳一边抵抗，一边心想：勇者相逢智者胜，我不能因为三只老虎的轮流进攻而消耗体能，最终成为它们口中的美食。

于是小铭阳虚晃一招后便拼命往一线天方向跑。三只老虎面对小铭阳突然逃跑的举动愣住了，不知道该追还是逃，于是犹豫不决地站在那里。

当小铭阳快要跑到一线天时，三只老虎看到要追的"猎物"快要消失在石缝时就拼命地追来。此时，小铭阳胆子大了，因为一线天的路很窄，三只老虎只能在一条线上前后排着队，无法同时向他发起进攻。小铭阳对走在最前面的大老虎发起了反击。当

星外小人国奇遇记

大老虎转身时，小铭阳对着还未反应过来的一只小老虎的后腿就是一棍。这时，三只老虎开始落荒而逃，消失在夜幕下。

当莫塔安置好彤彤·居里后返回到一线天时，发现小铭阳已哼着欢乐的歌曲出现在她眼前。看到莫塔很惊讶的样子，小铭阳便一五一十地把自己打虎的经过说了一遍。

"铭阳哥，真想不到你现在已成为打虎英雄了！"

莫塔想到自己以前在家还要帮他做数学题目，而现在他却成为打虎英雄时，心里觉得小铭阳已经长大了，便举起大拇指赞美他。

一走出一线天，小铭阳发现右边洞口聚满了很多小矮人，前面和左边是开阔的地势。看到自己的大王成功击退老虎，每一个小矮人脸上都洋溢着骄傲的笑容。

当大家听完精彩的故事，行走一天早已疲惫不堪的人们开始躺在暖和的篝火旁睡觉，另外一些小矮人则在石洞中休息。

第十三章
穿越滴水洞

第二天清晨，为了早一点找到小矮人们的新归宿，小铭阳、莫塔和小矮人们匆匆上路了。虽然过了一线天是开阔的杂草地，但没走一个小时又有一座座连绵不断的高山挡住了去路。于是，小铭阳叫莫塔去寻找穿越高山的道路，其他人则在原地休息。

"报告大王，瞧那儿，两座低峰交界处有一个很大的可以穿越的滴水洞。"

过了半个小时，莫塔寻路归来对小铭阳说：

"太好了，只要有路可走就好，马上出发。"

队伍又出发了。来到滴水洞附近，小铭阳就听到"滴答滴答"的水滴石头的声音。好奇的他加快了步伐，走到了滴水洞的入口处。

"哇，好大好深的一个滴水洞啊！"

小铭阳抬头一看，惊讶地大叫一声。这几乎是一个望不到尽头的滴水洞。有很多水珠不断地从岩壁和洞顶往下滴落，敲打着地上凹凸不平的石头，并不断地发出滴答的声音。从石头上凹坑的深度来看，这水至少不间断滴了几十年了。

第十三章　穿越滴水洞

"大王，这么大的雨滴，我们怎么进去呀？"

彤彤·居里把头伸进滴水洞一看，赶紧把头又缩回来问。

"我们可以用芭蕉叶来挡雨啊！"

滴水洞左右有一排排粗大的芭蕉树，树上的叶子又宽又长，可以当雨伞使用。

彤彤·居里兴高采烈地把芭蕉叶举在自己头顶上，蹦蹦跳跳地走在队伍前列。湿漉漉的山洞，有节奏的滴水声让人感到非常凉爽。滴水的频率没有雨水那样快，但很有节奏，像柔和的音乐，让人进入一个宁静的心灵世界。人们排着队，举着芭蕉叶，像一条巨大的绿色水龙蜿蜒在洞中，穿越神秘的滴水洞。

"哇！前面有一束金光。"

听到彤彤·居里惊喜的叫声，大家抬头往远方看，竟然看到一束阳光在水雾中闪着金光，不时地还有几只金黄色的野鸭在光束中来回飞翔，宛如奇幻的梦境。

走近一看，阳光是从右上方的圆形天窗中射进来的。看到人群进来，受惊的野鸭从左边的水潭游走了，只留给人们无限的遐想。水潭的水很清澈，还不断地向前流动，这给疲惫中的人们提供了向前的动力。

"有流水，就应该有河。"小铭阳自言自语，加快了步伐。果然，没走多久，大家就听到瀑布流水声。快到洞口时，只见对面的瀑布"哗啦、哗啦"直泻而下，光线强烈。三条瀑布从对岸的山腰流下，犹如三条龙源源不断地吐出泉水，在微风的吹拂下变换着声音，演绎出欢快的乐章。空中有几十只黄、白、红色的飞鸟来回飞翔，编织出一幅美丽的画卷。

"左边山林中有猕猴桃果林，饿了，大家可以去摘。"小铭阳发现不远处有猕猴桃树林，赶紧提醒大家。

"啊,有猕猴桃吃啦!"彤彤·居里第一个跳起来奔向果林。其他小矮人也争先恐后地跑向猕猴桃林。

看到这散乱的现象,小铭阳心里很不是滋味,于是通知乌里·朵朵叫小矮人们排队,让年老的、幼小的和体弱的小矮人走在队伍前面,其他的小矮人按次序进入果林。

小铭阳随队伍来到果林,看到在望不到边的猕猴桃林里,那一个个绿色的小猕猴桃挂满枝头,清香四溢的果味让人垂涎欲滴。小铭阳号召大家,每十人选出一个组长,负责先把捏起来比较柔软的成熟猕猴桃摘下来给老人、孩子和体弱者,等他们吃饱后,再分给其他人。

"大王,连吃果子都这样秩序井然,你真是管理有方啊!"

听到莫塔的表扬,小铭阳深感温暖,顿觉自信了很多:自己在小矮人眼里是那样伟岸,可在地球人眼里是何等淘气和无能!目前这么多小矮人的吃喝问题都要自己来管,自己需要一颗强大的内心,要战胜怯懦,要重新塑造自我!现在也只有莫塔知道我的所思所想了。

"大王,有人抢了我的猕猴桃!"

"是谁呢?"听到彤彤·居里的告状声,小铭阳有些生气,想:谁敢以大欺小,去抢夺孩子手中的果子呢!

"就是那位啊!"

看到大王生气的样子,彤彤·居里轻声答道。

小铭阳顺着彤彤·居里所指的方向一看,一个幼儿正在妈妈怀里一边津津有味地吃着那只柔软的猕猴桃,一边胆怯地看着高大的小铭阳,怕他来抢夺手中的猕猴桃。

看到这滑稽的一幕,小铭阳哈哈大笑,"这个娃娃是如何抢夺你的猕猴桃的?"

"我左手拿着猕猴桃正在吃,右手也握着一个,她妈妈抱着她路过这里,她就从我的手里夺走了。"彤彤·居里听到小铭阳大笑,有些生气。于是,小铭阳学自己的老师那样启发教育他。

"那你的两个猕猴桃是谁给你的呀?"

"是奶奶菲斯·玛丽。"

"奶奶大还是你大?"

"奶奶大。"

"你与那个娃娃比,哪个年龄大?"

"当然是我啊!"

"那应该是你给她,还是她给你猕猴桃吃?"

"呃……是我错了!"

看到彤彤·居里难为情地低下了头,小铭阳笑着摸了摸他的头。

快到中午了,要抓紧时间赶路,小铭阳命令队伍沿着瀑布往下游的溪沟行走。

到了第二道瀑布,瀑布声没有第一次大,但下面积聚的水很多,已形成大水潭。小矮人们休息片刻后便继续沿着溪水往下游走。

到了第三道瀑布时,小铭阳观察到瀑布的落差只有几米,下面的溪水沟非常宽,但出口特别狭小,因而形成了一个小湖泊。

往溪水沟左边看,水岸下是一片接一片望不见边的低洼湿地,长着绿茵茵的蒲草、芦苇等。草地上有一群群野鸭在觅食,还有一些白鹭在空中展翅飞翔。

"这一大片土地太肥沃了,是耕种粮食的理想土地。"小铭阳指着前方开阔的低洼地对莫塔说。

"是啊,我们可以不再为饥饿奔走了,这儿风平浪静,是理想的避风港，可以开垦土地种粮食。我们也可以住在这里。"

听到莫塔要让小矮人们住在这里，小铭阳看着快要溢出岸的潺潺溪水，担忧地说："如果我们住在低洼处，万一连续大雨，上游水流量大，就会淹没下面的低洼。"

"我们可以住在溪水沟的右上方，那不是有高高的土山坡吗？"

听到莫塔这么一说，再看看溪水沟右上方的高高土坡，小铭阳心想：把住所建在那里的确是最佳的选择，但当他看到上游的溪水不断地往下流时，则担忧地说："我们是否可以加高水岸？"

"如果这个湖的水平面不断地上升，那么，再高的水岸还是会被淹没的。"

小铭阳听了莫塔的话觉得很有道理，但一时也没有更好的办法。

"我们先把小矮人们安置在土山坡再说吧！"

"可对面有一条宽宽的溪水挡住了我们的去路！"

小铭阳同莫塔一起用锋利的石头砍伐溪水沟边上的树木，在溪水沟最狭处搭建了一座木桥。小矮人们一个挨着一个通过这座木桥，轻松地走向那座土山坡。

爬上土山坡，小铭阳发现土山坡连绵不断地向右边延伸，而且山坡顶部有一块比较平整的土地，除了有一些杂草外，还有一些大小不一的苹果树、梨树以及各类野果树。土山坡右边下坡的地方还有一个可容纳二十余人的洞穴，可以让年长的、年幼的小矮人住在里面，其余的可暂时露宿在土山坡上。

小矮人们一边兴奋地品尝着野果，一边欣赏这宜人的美景——流水不断的溪水沟、望不见边的绿色洼地，蓝蓝的天空上方还有一群大雁时而呈一字形时而呈人字形在飞行，水流声、鸟叫声，以及小矮人品尝野果的欢叫声,形成一幅美丽又温暖的画面。

坐在土山坡上的小铭阳无心欣赏周围的美景,心里在想如何去消除那溪水淹没低洼的隐患。

"对于治水的方法,我们古人就有很好的方法。"

莫塔的提醒使小铭阳突然想到大禹治水的故事,但他很后悔当时认为在超级文明的现代社会里古代的知识已没有用武之地,所以没有很好地领会其内涵。于是,他现在只好厚着脸皮请教莫塔:"你能把储存的大禹治水的信息再复述一遍给我听吗?"

"在上古时代,面对滔滔不绝的洪水,大禹吸取了父亲整治洪水灾害的教训,改变了'堵'的治水方法,对洪水进行了疏导,用时十三年,最终取得了治水大业的胜利,成为历史的英雄。"

"谢谢你在我困难时总是及时给我有用的古代知识。"听到莫塔无数次不厌其烦地给自己提供有用的古人生活智慧时,小铭阳感到自己很幸运,因为有一个饱含古人智慧的智能机器人陪伴着自己。

小铭阳再次向瀑布望去,看到川流不息的瀑布源源不断地向下游注水,心想:只有溪水沟通畅,没有阻力才能排泄上方的积水。

"古人的智慧真伟大,我有办法啦!"

小铭阳突然来了灵感,兴奋地对莫塔说。

"大王,和我分享一下你的治水方法吧。"

看到莫塔洗耳恭听的样子,小铭阳便一五一十地把自己的想法告诉了她。莫塔听后,连忙竖起了大拇指说:"你真了不起,能活学活用啊!"

两人聊着聊着夜幕就要降临了。

小铭阳抬头望天,一轮皎洁的明月正在升起,大地笼罩着一层白雾,一切变得朦朦胧胧。小人国美妙而宁静的夜晚让小铭阳也慢慢地喜欢上这个刚熟悉的世界,他展开想象的翅膀,憧憬起美好的未来。突然,身边响起小矮人有节奏的呼噜声,一下子把他的思绪带回到严峻的现实。

"我是小矮人们的大王,必须给他们一个安全的环境。"小铭阳一边自言自语,一边起身。

借助明亮的月光穿过木桥后,小铭阳沿着溪水沟往下游走,莫塔则紧跟其后。走了约半个小时,小铭阳看到有一处水岸地势低,河水已溢过了水岸,不断地往低洼处的土地流去,他想:怪不得有这么多的白鹭和水鸭。再往低洼处看,他发现了一个望不到边的郁郁葱葱的荷塘,虽然满是残花,但在这荒野之地还是勾起了人美好的回忆。

"大王,不早了,我们还是回去吧!"

莫塔想到小铭阳来到这个小人国后一直奔忙着,想劝他回去休息一下。

"不行,我一定要找到这条河的流向和出口。"

小铭阳一边回答一边大踏步地往前走。莫塔很少看到小铭阳的步伐这样的坚定、沉稳和飞快,自己几乎跟不上他,于是便不时地小跑。

"听,听到隆隆隆的大瀑布声了吗!"大约又过了半小时,小铭阳听到瀑布声后激动地对身后的莫塔说。

"我也听到了,我们快跑过去看看吧!"

小铭阳和莫塔深呼吸一下后开始快速向瀑布方向跑去。不一会儿工夫,他们听到瀑布声越来越大,而且河的宽度越来越窄,河两边还有高大的树木。又快走了约十分钟,他们似乎走到了河的尽头。

"哇——"借助皎洁的月光,小铭阳清晰地看到有三条河呈T字形汇聚在一起,直泻而下,瀑布化成滚滚大浪进入一条像蛇一样弯弯曲曲的大江,于是便大声说道。

"大江汇入大海的地方,也许就是我们被乌云黑洞抛入的那片大海。"莫塔俯看了长江后,便若有所思地跟小铭阳说。

"当务之急不是想怎么回自己的地球,我是小矮人的大王,我应该在小人国的土地上留下地球人奋斗的痕迹。"

听到他这么一说,莫塔感到小铭阳的确长大了,便紧跟着他返回到小矮人居住的土山坡。

第十四章
疏通河道

清晨,小矮人居住的土山坡被浓浓的云雾笼罩着,溪水沟对面宽广的杂草地也披上了一层薄雾,整个大地朦朦胧胧。

乌里·朵朵起来用手揉揉自己的眼睛,睁开一看,脚旁挂着晶莹露珠的小草滋润而富于活力,周围的同伴还处于梦乡中。他想与大王说说话,却没有发现小铭阳和莫塔,"是不是大王抛下我们溜走了呢?"

乌里·朵朵想到这儿,赶紧寻找他们的大王。在穿越横跨在溪水沟上的木桥时,透过水雾他发现有一个高大的人影在齐腰深的溪水沟中用力挖污泥。而在岸边的莫塔,则接过一包包污泥运到远处。从堆积的污泥来看,他们至少已挖了近两个小时了。

当太阳慢慢地从东方露出笑脸时,云雾开始慢慢地散去。暖洋洋的太阳一个个地唤醒了那些在香甜梦乡中的小矮人。没有统一的哨令,睡醒的小矮人都自发地寻找他们尊敬的大王。他们发现,大王正在为他们挖污泥、通河道,于是也沿土山坡排成几排,观望着。令大家惊奇的是,头顶有一些彩色飞鸟排成S形在飞翔,发出动听的叫声,似乎在喊:"加油、加油!"

一分钟、一个小时过去了,太阳已高高地升到天空,莫塔和大王仍在河道中重复着一个机械的动作,溪水沟对面的水岸上已堆积着越来越多的污泥。

"我们现在用污泥来加固和加高水岸,一起来构筑一条安全的防洪堤岸吧!"

随着莫塔的一声令下,余下的小矮人们纷纷通过木桥,排着长长的队伍,开始模仿莫塔的样子,一边加高水岸,一边唱着自编的劳动号子:

嗨哟——
劲往脚上使,
脚往污泥踩,
污泥变成砖,
加高河岸线。

哎嗨哟——
长长一条岸,
望去没有边,
何日是尽头,
再长也得扛。

嗨哟——
心往一处想,
劲往一处使,
累了又流汗,
再苦也得干。

第十四章　疏通河道

哎嗨哟——
大王前面挖，
矮人后面筑，
防线众人建，
全靠领头汉。

在小铭阳的带领下，大家一边疏通河道，一边用污泥加高沿岸。功夫不负有心人，不到半个月，通往下游的河道已被疏通了近三分之一。小铭阳很兴奋，按照这样的速度，再过一个月就可以把整个河道疏通了。可天公不作美，天又开始下起小雨。微风吹来，小雨落在小矮人的头发上、脸上和衣服上，衣服就慢慢地变湿了。小雨不停地下着，渗入泥土，已晒干的坚硬泥土开始变软了，那些刚挖上来放在岸上的泥土慢慢地变成了泥水。

"大王，下雨了，泥土变泥水了，怎么办？"

正在埋头专注于挖泥的小铭阳没有听到彤彤·居里的问话，还在机械地重复着挖泥的动作。当小铭阳再次抬头，正好发现岸上一摊摊的泥水。

"回家休息吧！"

小铭阳像一位熟练的指挥家一样往土山坡方向一指，小矮人们排着整齐的队开始回家了。

上空盘旋的彩色飞鸟不见了，也许正躲在芦苇丛中游玩。体力消耗过大的小铭阳抓住岸边的芦苇秆，搭着莫塔的手用力爬上岸。

"大王，下着雨，我们往哪里躲啊？"

一回到住地，小铭阳便听到乌里·朵朵大声的问话。他开始环视四周，发现雨虽不大，但除了老幼住洞穴外，其余的小矮人都在果树下东倒西歪地躺着。小铭阳感到很惭愧：我怎么就没有想到为他们建一个简易的房子呢！都怪我，为了疏通河道，竟然连他们的住所也没有考虑，我太粗心了，不配做他们的大王啊！

小铭阳正要问莫塔有何高见，突然，不远处小鸟叽叽喳喳的叫声吸引了他。循声望去，树叶浓密的樟树枝下有一个鸟巢，丝毫不受刚才小雨的影响，可爱的小鸟伸出细长的尖嘴在向鸟妈妈要吃的。

"对了，为什么我不能借助自然界的条件去建一所简易房子供小矮人们住呢？"受到鸟巢的启发，小铭阳瞬间心生一计。

原来，小铭阳在一次观察土山坡地形时发现在右边石崖有几处凹陷的三角形地带，每处空间至少可容纳几十个小矮人，顶部露天处很狭窄。如果在小小的露天位置用芦苇秆做成牢固的屋顶，不仅简单省力，还冬暖夏凉。

"太棒了！"当小铭阳把想法跟莫塔一说后，她激动得跳了起来，连连点头称赞。

说干就干，小铭阳和莫塔带着小矮人，从河道中弄来很多芦苇秆，通过编织，一个漂亮的芦苇屋顶就建在了一个个三角形凹陷处。看到美丽的芦苇屋建起来，小矮人们开始为自己的美丽住所跳起舞唱起歌。

小矮人们在舒适的芦苇屋中美美地睡了一觉后，感到特别有精神，第二天一大早就起床了。红彤彤的太阳正从东方升起，霞光把周围都染成了红色。乌里·朵朵一走出芦苇屋，感到温煦的阳光照射到自己身上暖暖的，心情一下子好了很多。他感到自己有使不完的劲，想早一点出去干活，于是便走进芦苇屋想与大王聊聊今天的工作。可能是连续多日挖泥太辛苦，小铭阳还未醒来，正在做梦。

第十四章 疏通河道

"让大王先休息一下,我们先去加固加高堤岸吧!"

小矮人们为不吵醒大王便轻手轻脚地走出芦苇屋,前往工地。

小矮人们赶到工地时忙活起来。

"天呐,有一只大水怪!"

听到彤彤·居里的一声尖叫,小矮人们的眼睛齐刷刷地朝河道中看去。果然,有一只圆圆的大水怪,头像蛇,嘴巴很大,还含着一条挣扎着的鱼,游动时还在河中形成了一个个不小的圆形波浪。

看到从未见过的大水怪,小矮人们争先恐后地逃回了家。

"发生什么大事了?"

小铭阳被小矮人慌乱的脚步声惊醒了,连忙问道。

"大王,不好了,河里有一只大水怪!"彤彤·居里喘着大气,眼神里充满恐惧。

小铭阳顺手从屋边拿了一个木棍,带着莫塔赶往岸边。

"水怪在哪里?"河道很平静,小铭阳没有发现水怪。

"刚才还在那里,现在不知道去哪儿了。"

面对小铭阳的询问,彤彤·居里也只好摇摇头,用手指着刚才发现水怪的地方回答。小矮人们也你看看我,我看看你,都在摇头,一脸茫然。

小铭阳努力保持镇定,希望稳住人心。他转身对大家喊话:"大家不要怕,有我在,我们能战胜一切妖魔鬼怪。"

为了让大家放心,小铭阳把木棍交给莫塔,迈入河道继续挖污泥,莫塔随手扔掉木棍跟着他干起来。小矮人们见到此景,也各就各位干起来。正当大家聚精会神地劳作时,一只大水怪慢慢地浮出水面。

"大王,有一只大水怪在你身后。"

随着彤彤·居里一声尖叫,小矮人们不约而同地睁大眼睛,屏着呼吸,心几乎提到了嗓子眼,都在为大王的安危担心。

听到彤彤·居里的喊声,小铭阳却出人意料地冷静,心想:小人国中所有的动植物都要比地球上的动植物小很多,再大的一只怪物也不可怕啊!

小铭阳慢慢地转过身来,乍一看,那果然是一只庞然大物,小铭阳的心本能地怦怦乱跳。可是再定神一看,他情不自禁地笑出了声:"哈哈哈,这不是一只大海龟吗?"

此时的小铭阳脑海中瞬间浮现出自己一次游泳溺水时被一只海龟托上来的难忘画面。因此,他内心深处对海龟有好感,觉得很亲切,本能地伸出手向它打招呼。那海龟也很奇怪,见小铭阳不去伤害它,便伸出了前脚在水中拍打了几下,溅起了几朵小浪花。当它黑色明亮的眼睛温和地看着小铭阳时,小铭阳蓦地一蹲,把头沉到水下,做出一副溺水的样子。果然,大海龟就沉到河底用庞大的龟壳把小铭阳的身体往上托,小铭阳也借机用双手抓住椭圆的龟板。

当小铭阳的头部露出水面时,俨然一位英雄凯旋。海龟划动着四肢,慢悠悠地向上游方向游动,小铭阳就像一位检阅军队的将军坐在上面,向两岸的小矮人挥手致意。

"大王,太神气了!"

"我们的大王太帅了!"

"向我们的大王敬礼!"

水岸上的小矮人排着整齐的队伍,向小铭阳挥手欢呼。

小铭阳笑开了花,抑制不住激动的心情,大声向大家问候:"大家辛苦啦!"

第十四章 疏通河道

　　他在小人国第一次感到如此的惬意和轻松。的确，在这个星外小人国，除了莫塔，再也没有其他人能帮助他了。现在多了一只海龟，应该说，也多了一个能帮他的朋友，哪怕它是一只动物。

　　当海龟驮着小铭阳游到接近小矮人队伍的尾部时，小铭阳一个手势，通人性的海龟似乎能读懂小铭阳的意思，划动四肢，掉过头来，开始往下游游去。不知它哪来的力气，越游越快，一晃眼就游到了小矮人队伍的最前列。当它游到岸边时，小铭阳站了起来跳到岸上。灵活的海龟立即停止了游动，似乎在等待主人的指令。

　　"这只海龟跟我们大海的海龟一样大，会不会来自我们地球的大海？"

　　"要是没有猜错的话，它一定也和我们一样是被乌云黑洞给卷到这小人国来的。"小铭阳解开了心中的困惑，更加开心。

　　"那真是天公作美，海龟可以帮我们做很多事啊！"莫塔高兴得跳了几下，用手指着海龟对小铭阳说。

　　"到底能派什么用场呢？"

　　"等一下你就知道啦！上天不会无缘无故地送一只海龟给我们的。"针对小铭阳的问题，莫塔做了一个鬼脸后指着天空回答说。

　　"那只海龟就叫祥和海龟吧，我要继续挖泥啦！"小铭阳话音刚落，就跳入河中继续挖泥。但与以往不同的是，河道在变宽，海龟则迟迟不肯离开，小铭阳向前一步，海龟也向前游动一点。此时，小铭阳发现海龟不仅可以成为他的朋友，还可以成为最佳污泥搬运工。只要小铭阳把挖出来的泥一次次地放在龟板上，快要放满时，海龟便自动地游到岸边等小矮人把龟板上的污泥搬到

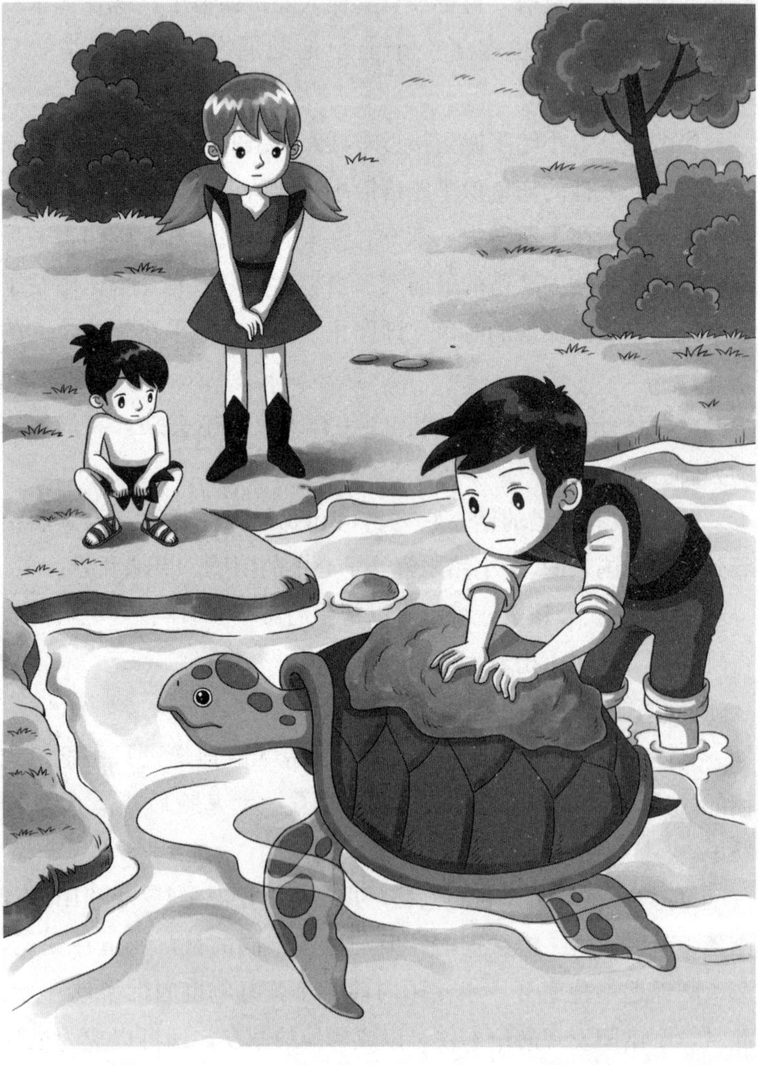

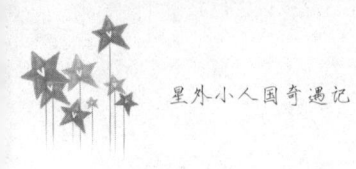

第十四章 疏通河道

岸上。

"天助我也,现在疏通河道的速度加快了。"自从有了海龟,这是小铭阳常挂在嘴边的一句话。

现在,小矮人们的劲头比以前更足了,信心更强了,因为有来自星外的小铭阳、莫塔和神龟——祥和海龟。当太阳落山时,祥和海龟会自觉地跟在小铭阳的后面回家;当大家在芦苇屋休息时,祥和海龟则在屋外守候着,防止虫蛇等有害动物进屋;当旭日升起时,祥和海龟与小铭阳、莫塔一起跟随小矮人的队伍来到河道,一起参与疏通河道的劳作。

小铭阳、莫塔和小矮人在祥和海龟的帮助下,又用了三天时间,把河道疏通的工作完成了一半。

"水岸这儿有一个地势较低的一米长的缺口,河中的水不断往低洼处流,现在必须要把这缺口堵住。"

小铭阳看到河水不断地通过水岸缺口哗哗地向低洼处流时着急地对莫塔说。

当莫塔把泥块放到缺口上时,泥块立刻就被溢出来的流水冲到低洼地去了。莫塔不死心,连续试了五次,放在水岸缺口处的泥块还是被冲掉了。

"大王,泥堵不上缺口怎么办?"

听了莫塔的汇报,铭阳看看缺口,又看看差不多长的祥和海龟,紧锁的眉头突然舒展开来。

"不要着急,让我们的神龟——祥和海龟来施展才华吧!"

小铭阳的话还没有说完,祥和海龟好像能听懂似的慢悠悠地游到水岸缺口处,用庞大的椭圆形身体挡着缺口,阻止河水向下流,水流不那么湍急了。

小铭阳和莫塔立即抓紧堵缺口。不一会儿,缺口就被污泥堵住了。当祥和海龟看到这一景象后像懂事的孩子一样慢慢地游动身体离开了缺口处，可遗憾的是，海龟一离开泥块又被河水冲走了。这时，祥和海龟像个犯错的孩子又赶紧回去挡住缺口，纹丝不动地漂浮着，生怕一移动身体就会让河水通过水岸缺口流向低洼。

面对挫折，小铭阳没有气馁，他朝四周看了一遍，发现河道对面有几块方形石头。祥和海龟驮着他到了对岸。小铭阳很快把石头搬上祥和海龟背上，让它驮着石头游到水岸缺口处，倒入缺口，石头正好堵住了缺口。

"缺口堵住啦！"莫塔看到缺口堵住了，心里一激动，便大喊道。

"大王真能干，我们胜利了！"小矮人们听到缺口被堵住的好消息兴奋得跳了起来，并且齐声欢呼。

此时的小铭阳心里却出奇地冷静，我不能被一时的胜利冲昏头脑，前面还有更长的路要走。于是，当祥和海龟把小铭阳驮回到水岸缺口处后，他开始用更小的石块和芦苇堵住河岸缺口处石头与石头之间的缝隙，再用半干的土块盖在石头上，使河岸形成了一条整齐的线，人在堤岸上行走也很平稳。

为了快速疏通河道，小铭阳马不停蹄地在河中劳作，进度很快。正当大家都在为河道即将疏通感到高兴时，一件意想不到的事发生了。

这天下午，大家都在各自的岗位上齐心协力地劳作着。突然，天空中下起了阵雨，小铭阳正准备叫大家提前回家休息时，阵雨又停了，躲在乌云后的太阳又露出了笑脸。

彤彤·居里趁着大家回家休息时，向河道下游方向奔走了几步。

第十四章　疏通河道

"河里有一条长长的水怪。"

看到彤彤·居里慌慌张张地往回跑还不断用手指着下游,好奇的小矮人一点也不紧张,以为又来了一个像海龟一样能帮自己干活的宝贝,于是大家都兴高采烈地往下游跑去,想一探究竟。彤彤·居里看到大家对长形水怪不但不害怕而且还感到好奇时便跑回到那长形水怪那儿,蹲下身子不断地用手拍打河面。长形怪物受到了惊吓,飞快地往彤彤·居里拍打水面的地方游去,咬了他的手指一口。

"哇……长形水怪咬我了!"

只见彤彤·居里一边往回跑,一边哭喊着,手指还在不停地渗血。

岸上小矮人们看到彤彤·居里的惨状,也吓得赶紧往回跑。

"给我站住!"

小铭阳看到人群一阵骚动,怕他们拥挤无序而引起踩踏事件,于是大声命令道。

接着,他赶紧去查看彤彤·居里的伤势,发现他的手指肿大并在流着血,心想:他肯定是被蛇类咬伤了,需要马上清理伤口,否则可能会危及生命。小铭阳不顾中毒的危险蹲下身体用自己的嘴巴小心翼翼地把彤彤·居里的手指伤口的污血吸了出来并吐到河里。这时,莫塔也已赶到,小铭阳便问道:"什么草药可以治疗虫蛇叮咬?"

"七叶一枝花可以治疗虫蛇叮咬。"

莫塔一边回答一边在水岸寻找七叶一枝花。

"我找到了。"

莫塔摘到一棵长有七片绿色叶子的药草,用手心把药草搓碎后敷到彤彤·居里的伤口,果然,疼痛减少了很多。

"既然遇到会咬人的长形水怪,一定是上天的安排,我们还是放弃疏通河道吧!"乌里·朵朵看到彤彤·居里被咬,一时惊慌,乱了阵脚,便嚷嚷道。

其他的小矮人看到身边的彤彤·居里受了伤,也惊慌失措,想逃回家。

小铭阳感到当务之急是要稳定人心,于是便说:"彤彤·居里受了伤,很快会康复的。"

"可长形水怪再咬我们怎么办?"乌里·朵朵对长形水怪产生了莫名的恐惧,心生退缩。

"我们不能知难而退,半途而废,至于长形水怪,我会去对付的。"

小铭阳一边安抚着乌里·朵朵,一边骑着祥和海龟,前往河道下游去查看。可往下游游动十余分钟还是未发现长形水怪,小铭阳只好返回,继续在河中挖污泥。

看到大王毫不畏惧继续干活的样子,小矮人们也不再害怕了,更何况神龟——祥和海龟作为先锋还在为他们保驾护航呢!他们又镇定下来。

"长水怪又出现啦!"

彤彤·居里的一声喊叫划破了宁静的天空。

"在哪里?"

"在祥和海龟的正前方。"

小矮人们睁大眼睛,看到海龟前方确有一条长形怪物在向前游动,而小铭阳终于辨别出那长形水怪是一条一米长的水蛇。

"那是水蛇,有我和神龟在,大家不要害怕!"

听到大王这样一说,大家悬着的心一下子落地了。

可那祥和海龟突然表现出意料之外的兴奋,拼命划动着四肢，一改以往慢吞吞的样子，像脱了弦的箭一样向前冲去。那大水蛇似乎感受到有东西在追它，于是加快了速度往前游动。不知祥和海龟哪来的劲，不一会儿工夫就追上了大水蛇。

当祥和海龟用它伸长的嘴巴去咬大水蛇的尾巴时，大水蛇机灵地把自己的尾巴翘了起来，躲过了一劫，然后就往人群方向游来。

看到大水蛇向小铭阳方向游过来，小矮人们纷纷为自己的大王惊出了一身冷汗。只见小铭阳不慌不忙地从莫塔那里接过了木棍，勇敢地站在那里，一动也不动，似乎在说：你来，就给你一棍！

那大水蛇也不傻，快要游到小铭阳的攻击范围时，突然掉头躲过祥和海龟往河道的下游方向奋力游去。可那祥和海龟也不是吃素的，不知道哪来的神力一下子又赶上了那大水蛇，正要伸长脖子去咬时，水蛇又晃动一下长长的身体，咬了个空。它开始在河面较宽的地方转圈子，似乎在与海龟玩游戏。祥和海龟奋力猛追，而大水蛇则拼命绕圈躲过它的攻击。

"加油，神龟加油！"

站在水岸上观望的小矮人们不断地为海龟打气助威。

可能是海龟听懂了人们在为自己鼓劲，也可能是大水蛇听到人们的喊声更紧张了，祥和海龟加了一把劲终于咬着了大水蛇的尾巴。大水蛇再也无法转圈了，于是忍着疼痛向水岸奋力游去，而祥和海龟则不小心松了一下口，大水蛇的一半身体游过了水岸，向低洼处奔逃。祥和海龟仍紧追不放，爬过了水岸到了低洼处，向大水蛇猛攻。最后，祥和海龟终于把大水蛇消灭在低洼的湿地中。

"伟大的神龟！伟大的大王！我们胜利啦！"

大水蛇终于被消灭了,小矮人们兴奋地高喊起口号,庆祝自己的胜利。

一个多月时间过去了,河道终于被彻底疏通了,祥和海龟也准备离开了。

在河道的尽头,是陡峭的悬崖,河水直泻而下形成了壮观的瀑布。当祥和海龟快要到瀑布时,转身回头用前肢挥了一挥,似乎在向小铭阳、莫塔和小矮人们告别。它转身快速地游向河流的尽头,随飞流直下的瀑布进入滚滚江水中。

小铭阳望着消失在江水中的祥和海龟,控制不住自己,眼泪像断了线的珍珠一样不断往下掉。莫塔和小矮人们则依依不舍地向祥和海龟挥手告别。

看着滚滚大江奔流赴海,站在巨松下的小铭阳心想:我何时能像滚滚河流一样回到自己的家呢?

第十五章
有趣的舞蹈演出

"大王,河道疏通了,我们该回家了!"

莫塔催小铭阳回家的声音把他想回地球的思绪带回到眼前。是啊!对于小铭阳来说,现在的确有两个家。尽管这个小矮人国的家不是自己梦寐以求的,但它倾注了自己的汗水、智慧和情感,现在似乎有点离不开它了。

"大王,快回家吧,奶奶为我们准备了庆祝晚会!"

彤彤·居里的一番话使小铭阳想起了菲斯·玛丽曾经说过,如果河道疏通成功,她会组织晚会,并让九个美丽的小矮人姑娘为大家跳一支优美的祖传舞蹈。根据小矮人的规矩,祖传的舞蹈只有在重大活动中才可以表演,所以今天小矮人的庆祝晚会应该是比较隆重的。

小铭阳抬头看天,发现光芒四射的太阳已变成了柔和的橙黄色,它把一天最后的余晖洒向四周,原来还是一朵连着一朵的白云突然被染成了金黄色。夕阳透过彩色的云朵,让无数道霞光洒向大地,给树木、河流、低洼披上了一层美丽的外衣。天空与大地犹如一幅橙红色的画卷突然呈现在他的面前,似乎也在为他们

星外小人国奇遇记

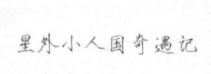

成功疏通河道而欢呼。

原来还很惆怅的小铭阳一下子变得高兴起来,他命令他的小矮人队伍开始回家。小矮人们沐浴着夕阳的余晖,哼着喜爱的歌曲,踏着矫健的步伐,像打了胜仗一样雄赳赳气昂昂地回家。彤彤·居里蹦蹦跳跳地走在队伍的最前列,因为从未看过这种舞蹈的他想一睹祖传舞蹈的风采。

夜晚来临了,银色的月光洒落下来,大地亮如白昼。土山坡芦苇屋前空旷平整的空地上围着几圈人。场面显得非常热闹,个儿矮的、年幼体弱的小矮人盘坐在前面,年长的小矮人则站在后面,小铭阳、莫塔作为贵宾坐在最前面,菲斯·玛丽以及九位美丽的小矮人姑娘则在一旁等候着,其中一位个子较高的小矮人姑娘将扮演鸟妈妈,其他八位小姑娘扮演小鸟,还有一位成年小矮人则扮演老鹰。一场庆祝河道疏通的晚会马上要开演了,他们都翘首以待。

随着小矮人用树叶吹出的"铃铃铃、叮叮叮、叽叽、啾啾……"动听的鸟叫声,八位双手佩饰白色羽毛的小矮人姑娘就开始翩翩起舞,在鸟妈妈的呵护下演绎一支幼鸟学生存的舞蹈。虽然小矮人身材矮小,但很匀称,头、身体和腿脚比例协调,只见她们蜷着身体缓缓地从"鸟巢"中站起来,欢快地挥动着翅膀,用柔和的手模仿鸟的头部和嘴,愉悦地从"鸟妈妈"那里获取各类美食,并不时地发出"叽叽喳喳"的声音。当这温馨的喂鸟舞蹈重复两次后,小鸟们在鸟妈妈的带领下在树林里学会觅食,练展翅高飞,躲避地上猛兽的袭击。第三个舞蹈是最令大家兴奋的,大家大气也不敢出地观看着,原来一只拥有巨大翅膀和身躯的老鹰突然降临在快乐的幼鸟群中,正当惊慌的幼鸟们四处逃窜时,鸟妈妈勇敢地展翅飞来骑在老鹰背上,一边用嘴去啄老鹰的头,一边发出声音呼唤小鸟们要团结,将老鹰围在中间,一起攻击老鹰的头和眼睛,受到惊吓的老鹰赶紧挥动翅膀逃跑。

大家都鼓起了掌声,欢呼声不断地从人群中传来。

小铭阳从这舞蹈中看到了蕴含着的生活智慧——爱心、团结、勇敢。

"哈哈哈……哈哈哈……"

听到笑声,小铭阳抬头一看,原来老鹰在逃窜时慌不择路,不小心撞到樟树丛卡在树林间,逗得观看的人群大笑起来。

"鸟妈妈,你快去救老鹰下来呀!"

刚开始还在骂老鹰的彤彤·居里看出这不是表演,着急地叫鸟妈妈去救它。

"我很想帮老鹰的忙,可那樟树太高了,飞不上去。"

鸟妈妈不断地摇头,似乎很委屈地解释说。

"你为什么要飞得这么高啊?"

好奇并感到困惑的乌里·朵朵问道。

"可能我表演得太投入了,自己也想不到会飞得这么高,求求大家帮我想想办法吧!"

小矮人们,你看看我,我看看你,都似乎在问:你有办法吗?

"我可以试试。"

莫塔话音刚落,大家看到她展开一双会飞的隐形翅膀,"嗖"的一声就飞到高高的樟树枝上。还未等大家反应过来,莫塔已帮老鹰扮演者解开了小枝条,与他一起飞了下来。

"哇——太棒了!莫塔还能飞啊!地球人真了不起!"

人群中响起了久久的欢呼声,在夜晚回荡。

"让莫塔也给我们表演一支精彩的舞蹈吧!"

"我们真想一睹地球人的舞蹈!"

第十五章 有趣的舞蹈演出

"对啊,莫塔肯定是一个能歌善舞的姑娘!"

不知是哪个小矮人先开了头,要让莫塔表演一支舞蹈的呼声不断地从小矮人群中传出。在这样庄重和喜庆的场合,小铭阳的确不适合去阻止莫塔表演舞蹈,但莫塔能跳舞吗?小铭阳也从来没有看过她跳舞。

听到小矮人们要她表演的欢呼声,又看到小铭阳微笑点头,莫塔胸有成竹地来到表演中心。嘈杂声戛然而止,所有人的目光都停留在莫塔身上。

莫塔像久经沙场的战士一样一点也不惊慌,本是智能机器人的她,却表现得令小铭阳非常意外,她的身体部位是那样柔软,以致连小铭阳都怀疑莫塔到底是不是机器人。

只见,莫塔用地球上的现代舞演绎了滑稽的自编舞蹈《蜻蜓追月》。在明亮的月光下,莫塔先扮演成蜻蜓幼虫,慢慢羽化出一双隐形翅膀,像撑雨伞一样全部伸展开来,抖动着翅膀,忽上忽下,忽快忽慢,冲高后又向下滑翔。她的舞姿不但令人眼花缭乱,更令大家一睹蜻蜓的自由、潇洒、飘逸。突然,沉思一会儿后的蜻蜓,开始仰望月亮、欣赏月亮、追随月亮。但不管怎么追它都飞不到应有的高度。于是,它不再追了,而是用发光的双手在胸前画了一个小小船儿两头尖的月亮和一个圆圆的、像盘子一样闪着银光的月亮,它用手指着自己的胸口,幸福地把月亮装进了自己的心里。在表演的最后,莫塔还微笑地用手指着自己的胸口轻声自言自语道:"因心有了月亮,我感到更有活力,不再好高骛远,而是脚踏实地过好自己应有的幸福生活。"

舞蹈表演结束后,莫塔收起了翅膀,向大家深深地鞠了一个躬。

小矮人们看得目瞪口呆,以为自己在梦中。那一幅幅生动的画面停留在小矮人们的脑海中，久久难以忘怀。

"太好看了，我还以为在做梦呢！"

"我们真幸福，莫塔，你的舞蹈太美了！"

掌声和欢叫声响彻在皎洁的月夜。

晚会结束后，小矮人们睡得特别香甜，他们都微笑着憧憬各自幸福和美好的生活。

"大王，我的奶奶叫我来问你，冬天很快就要来临，果林里的果子就快没有了，该怎么办？"

第二天清晨，听到彤彤·居里这么一问，小铭阳就想到低洼处的那一大片荷塘，便说："堤岸那边有一个望不到边的荷塘，你们还没有去过那儿，那些荷花根部的莲藕够你们过冬了，今天我就带你们去采挖。"

早上，小铭阳带着莫塔、乌里·朵朵、彤彤·居里和其他强壮的小矮人向那边进发。他们谁都没有挖过，只能试探着用手挖。果然荷塘下面有很多莲藕，虽然它们没有地球上的莲藕长得大，但色泽和味道都一样。小矮人们能力很强，很快就挖出了很多莲藕。

大家很快把莲藕运回住所。看着这么多好吃的莲藕，小矮人们心里都乐开了花。而那些幼小的小矮人则来回奔跑着、跳跃着，表达着内心的喜悦。

安顿好冬天的食物后，小铭阳说想去平原地区看看黄脸小矮人。乌里·朵朵依依不舍地说："你要早一点回来，万一这里的莲藕都被我们吃光了可怎么办？"

听了乌里·朵朵的话，小铭阳笑了："你们也很有智慧，自己也可以去找其他食物充饥；春天后，我和莫塔回来帮你们播种，这样你们就没有后顾之忧了！"

第十六章
在欢乐的路上

告别了白脸小矮人们后,小铭阳、莫塔又开始了新的旅程,同时希望能找到回地球的入口。懒洋洋的太阳有气无力地发射出热光,洒在向西方行走的小铭阳身上。

"是不是到晚秋了?"

小铭阳想到这儿本能地往周围望了一眼。花草树木已不像刚到小人国时那样绚烂多彩,枯黄的树叶随风不断地吹落到地上。抬头远望,小铭阳发现有一棵枫叶树上还残留了几片鲜红的枫叶,点缀着晚秋的风景。

低头看看脚下这片土地,历经风雨的小铭阳感到不再陌生和恐惧,他坚信只要勇往直前,排除万难,总有一天会回到日夜思念的家。想到前面无数次的遇险,莫塔与他一起努力战胜了那么多意想不到的困难,小铭阳心中不由得激动起来,温馨和美丽的家似乎离他越来越近了。他拉着莫塔,向那充满陌生和希望的地方奔去,嘴里唱着自编的歌曲:

我像风一样飞,

因为我是断了线的风筝；
不是我茫无目标，
而是被残暴的云掳到这里，
成为那断线的可怜风筝，
我已别无选择，
只能跟着风儿飞啊飞啊；
风啊，亲爱的风，
你是我值得寄托的希望，
我乐作一缕风，
飞向我日夜所思的家乡，
爸妈定在心急如火地等待；
我像风一样飞，
哪怕艰难险阻，
我会毫不犹豫勇敢向前，
飞啊飞，飞啊飞，
一切只为心中的一个梦，
飞啊飞，飞啊飞，
……

就这样，小铭阳拉着莫塔的手一边尽情地唱着歌一边奋力地奔跑着。不知跑了多久，只见一道耀眼的白色闪电过后，他们听到了轰隆隆的雷声。

"不好，有雷声，要下雨了！"小铭阳一边叫着，一边和莫塔往前跑去。但说也奇怪，当小铭阳和莫塔找到了避雨处，雨却迟迟没有下。

"要是真下雨了怎么办，我们还真得想个办法！"小铭阳想到以前每次的雨都下得不小,这次应该准备一下雨具。

"那不是棕榈树吗?"

小铭阳循着莫塔所指方向望去,右前方的确有一排像大伞那样的棕榈树和长满竹叶的小竹林,便问道:"你是说可以在层层叠叠的棕榈树叶子下躲雨?"

"你没有看到棕榈树的树干上长着跟头发一样的一缕缕长长的棕毛吗?"

当莫塔说到这儿,小铭阳脑海中不自觉地浮现出儿时曾在电视中看到过的防雨"棕榈衣"和斗笠。于是,小铭阳就凭记忆开始编织,很快一件杂乱但很管用的棕榈衣完工了,再做斗笠。

"我也需要一顶帽子和雨衣遮雨呀,你也帮我编织一套吧!"

莫塔看到小铭阳有了遮雨的工具时,自己心里也痒痒的,于是请求说。

"好啊!不过我只需帮你编织一顶斗笠即可,因为智能机器人身上的衣服都是防水的。"

"但我与你一样有思想,你不能歧视我呀!"莫塔噘着嘴,生气地说。

"那我给你编织一顶漂亮的帽子吧。"看到莫塔生气的样子,小铭阳便讨好她。

很快,小铭阳用竹叶围成一个圈,编织了一顶像鸟巢一样的帽子,并在帽上插了三朵小花,"这顶有花的竹叶帽,漂亮吗?"

"哇!你的手艺真棒!我很喜欢这顶帽子。"

莫塔一边说着一边戴着竹叶帽,像蜻蜓一样欢快地跳来跳去。

"为什么还不下雨啊,我倒要看看你编织的雨具是否管用。"

莫塔一边说着,一边抬头望了望天空。只见,乌云慢慢地在散开，太阳像害羞的小姑娘似的只露出一点点脸，霞光透过云隙照射到大地，一只只鸟儿唱着美妙的歌悠闲地从竹子上飞到棕榈树上，再飞往那茂密的树林中，一切是那样祥和。

突然，有一只七彩文鸟重重地降落在莫塔的竹叶帽上，发出了"嘎嘎嘎"轻柔的叫声，然后便掉在地上了。

"哇！多美丽的一只鸟啊！"

莫塔发现地上有一只像燕子一样大小的鸟儿，它有五颜六色的羽毛，尾部还有两个长长的分叉，便情不自禁地叫出声来。

"肯定是飞累了，把你的竹叶帽看成鸟巢或竹叶了。你有翅膀，赶快去找一点水来吧！"

小铭阳看到七彩文鸟倒在地上一动也不动，估计是昏迷了，于是，用双手把它放在手心里轻轻地抚摸了几下。

不一会儿，莫塔用竹节从不远处的小溪取来水，给七彩文鸟喂下。神奇的是，才一刹那，它就挥动翅膀，可爱地叫了几声，似乎在对小铭阳和莫塔说："谢谢你们救了我！"然后就飞走了。

小铭阳内心深处感到有一股暖流涌出，笑得合不拢嘴。

"哈哈哈！想不到，这次老天爷也会跟我们开玩笑，只打雷，不下雨！还让我们救了一只七彩文鸟。"

看到小铭阳来到小人国后很少有这样爽朗的笑，莫塔也为他能走出一条属于自己的路而感到高兴。

小铭阳和莫塔穿越森林，来到一条宽宽的溪流旁，溪水清澈，能清楚地看到水底的石头。

"大王，我可以展翅飞过去，你怎么办？"

"你先飞过去，再想办法帮我过去吧！"

莫塔飞到对岸，小铭阳发现对岸溪流旁有一棵很大的白花鱼藤，它的藤条又细又长，自己可以借助藤条像荡秋千一样荡过

第十六章 在欢乐的路上

去,于是对莫塔喊话。

"莫塔,把那根白花鱼藤甩过来。"

莫塔找到白花鱼藤,飞过来递给他。小铭阳双手拿到藤条后不急于荡过去,而是先用力拉了一下看能否承受自己的体重,再双脚一蹬,整个人就轻松地荡到对岸。对岸的莫塔顺手拉住他,小铭阳便上岸了。

荡过溪流,他们好像突然走入了夏天。小铭阳把厚厚的棕榈衣扔了,拉着莫塔走进小树林。

"这儿的天气好像夏天啊!"

"可能小人国的土地上同时有不同的季节吧,这儿也许是夏季!"针对小铭阳的问话,莫塔随口回答道。

突然,有几只鸟儿从前面飞了出来。

"前面就是平原了,我们先观察一下吧!"

第十七章
误闯"女儿国"

再过两排树木就是空旷的田野了,小铭阳放眼望去,地上有很多绿色的西瓜藤,藤上结满了条纹西瓜。他跟莫塔趴下来,透过树与树之间的缝隙观察前方的情况。

只见右边整齐地冒出了一群黄脸小矮人。

"哇!好多人啊!一、二、三、四、五、六、七、八、九、十,正好十人。"小铭阳数着人数。

"他们每个人身上还背着箩筐呢!看来他们是来采摘西瓜的!"

"嘘,声音不要太响,不要让他们听到!"

小铭阳怕声音太响惊扰到他们,便叫莫塔压低声音。

走在最前面的胖胖的黄脸小矮人叫后面的人先等一下,自己则蹑手蹑脚、弯着腰从田埂上绕着西瓜田走了一圈,又返回到一个大西瓜前把它采摘下来,往地上一摔。圆圆的西瓜就裂开了,露出了鲜红的果肉,他开始津津有味地品尝起来。后面观望的九个黄脸小矮人瞪大眼睛,流着口水,一动不动地站着。

"西瓜甜滋滋的,快来摘吧!"

九个黄脸小矮人左瞅瞅右瞧瞧，见没有其他人发现就鬼鬼祟祟地走进瓜田寻找大西瓜。很快，黄脸小矮人把找到的又圆又大的西瓜放进了各自的箩筐中。箩筐装满后，十个小矮人像风一样飞快地跑了。

"他们是不是在偷西瓜呀？"莫塔看到黄脸小矮人采摘西瓜后像贼似的逃走了，便心生疑问。

"那他们为什么要偷西瓜呢？"

正当小铭阳困惑时，只见三个黄脸女矮人拿着木棍出现在田野中，发现很多大西瓜被偷，一位老奶奶模样的黄脸女矮人开始哭起来，并不断地说："都是我不好，没有在这儿看管。"

"奶奶，不怪您，要怪就怪那些偷瓜的人。"

一个小姑娘对年长的奶奶说。

"已偷了两次了，我下次一定要抓住那些小偷！"

一位中年妇女模样的小矮人自言自语。

莫塔听到三个女矮人的对话后，心里痒痒的，控制不住自己的情绪便站了起来，说道："我去告诉她们。"

还未等小铭阳同意，她便径直向三个女矮人方向走了过去。

看到一个比自己大几倍的巨人向自己走来，三个女矮人害怕得想要逃走。

"不要怕，我是来帮你们的。我知道谁偷了你们的西瓜。"

一听到巨人女孩的话，三个女矮人停下了脚步，开始了对话："那是谁偷的呢？"

"是那些男矮人！"

"人呢？"

"跑了！"

"谁帮你做证？"

"我的大哥小铭阳可以帮我做证。"

当三个女矮人听了莫塔的解释后,彼此看了一下后便忍不住大笑起来:"哈哈哈!你真会说话!"

"真的,我看到男矮人偷了你们的西瓜!"小铭阳一看三个女矮人不相信莫塔的话,马上跑过来解释说。

"你是她的哥哥吗?"

"是的。"

"我们明白了!你们跟我们走吧,我们要谢谢你们。"三个女矮人互相使个眼色后说。此时的小铭阳心里真不知她们葫芦里卖的是什么药,于是,很无奈地拉着莫塔的手跟在她们的后面往她们的村庄赶。走过瓜田,就到了秧田。看到秧田中整齐的秧苗时,小铭阳心想:这儿的小矮人们已学会播种植物了,文明程度很高啊!想着想着他们就来到一座木桥上,抬头一看清澈的小河两边都是柳树。走过木桥就是一间间泥墙茅草屋,每间茅屋前都有一处宽敞的平地。

"在这棵大树下休息一下吧,我们帮你拿吃的!"

抬头一看,小铭阳发现这是棵榆树,长有浓密的枝叶,像一把撑开着的绿茸茸的大伞,可以为人遮阳挡雨,在炎炎夏日仍令人感到很凉快。

"喝一点葡萄酒吧,解解渴!"

听到这甜蜜、热情的声音,小铭阳低头一看,是一位微笑着的中年妇女,手里拿了两个盛有葡萄酒的木桶。又渴又累的小铭阳没有多想就把葡萄酒都喝下去了,之后便昏昏沉沉地睡去。

夕阳西下时,小铭阳隐隐约约地听到有很多人在兴奋地议论着:

"这两个小偷,把我们当成傻子了,看看到底谁傻啊!"

"哈哈哈,看他们的模样,巨人有什么用啊,还不是被我们绑了。"

此时的小铭阳想睁开眼睛,可是眼睛很疲劳,连睁了几次才慢慢地睁开。只见前面围着很多人,但都是女矮人。她们像看西洋镜似的望着自己,小铭阳想站起来,可就是站不起来。仔细往下一看,身体已被人用很多细绳子绑在榆树上了。

"你们为什么要绑我?"小铭阳看到自己无缘无故地被绑了,生气地大声质问。那些女矮人听到巨人的说话声,吓得连忙退了几步,"因为你们是小偷。"

"为什么?"

"因为你们两人又大又高,才吃得下这么多的大西瓜。"

"可我们看到有十个男矮人拿了箩筐偷了你们的西瓜啊!"

"谁能做证呢?"

"我的同伴——莫塔呀!"

"可你们是一伙的,谁相信你们呀!"

那些女矮人说到这儿,一边拿起小树条狠狠地抽打小铭阳,一边骂道:"看你还扯谎,让你尝尝我树条的厉害。"

三根小树条像雨点般落在小铭阳身上,但他只是感到痒痒的,一点也不疼,但心里却感到不舒服,因为自己毕竟是被冤枉的。但他听到那些女矮人提到了自己的同伴,才想起莫塔,心想:莫塔呢?她是智能机器人,喝了葡萄酒应该不会醉。于是小铭阳问那些小矮人莫塔在哪里。

"你的同伴与你一样被绑在同一棵榆树上。"

听到小矮人的回答,小铭阳便大声喊道:"莫塔,你在哪里?你能听到我的声音吗?"

小铭阳的喊声震耳欲聋,那些胆小的女矮人吓得躲得远远

第十七章 误闯"女儿国"

的，生怕被他呼出的气给吹跑了。

"大王，我也被绑上了。"

听到莫塔的声音从身后传来，小铭阳心定了很多，但困惑地问道："你是智能机器人不应该醉呀！"

"大王，我没有喝，但我累了呀！"

听了莫塔的解释，小铭阳心想：是啊！机器人也需要能量呀，当消耗能量过多时也会像人一样感到疲劳，这时需要休息才能从光线中慢慢地吸收太阳能量。

"这些黄脸女矮人太机灵，比黑脸、白脸的小矮人要难对付。现在怎样才能证明自己的清白、消除误会呢？"

"我现在也心乱如麻，一时也想不出办法。"莫塔也不知如何是好。

正当小铭阳和莫塔为难之际，躲在远处的小矮人一阵骚动，只见上次见过的那位年长女矮人带着自己的孙女走了过来，其他女矮人跟在她们后面。

"远方的客人，我叫金老太，也是这个村的村长。你们不应该来这个地方，因为我们的收成少，经不起你们这样的巨人偷窃。"

"我们没有偷你们的西瓜！"

小铭阳听了金老太的问话后，连忙解释说。

"我叫金彩芸，是金村长的孙女。你叫我们如何相信你们呢？"

听到金彩芸的话，小铭阳便仔细地打量了一下她——圆圆的脸、大大的眼睛，算是个漂亮的小姑娘，年龄相当于地球人的十岁。

"那我们怎样才能证明自己的清白呢？"

第十七章 误闯"女儿国"

小铭阳把问题抛回给小矮人,想听听她们要自己如何证明给她们看,于是便这样问道。

"很简单,现场抓一个小偷呀!"金彩芸抬着头,微笑地对小铭阳说。

"好啊,你们把我们俩放了,我们马上去抓小偷。"小铭阳急于摆脱被绑的状态,便要求道。

"不行,你留下来当人质,让你的小同伴去。"金老太怕小铭阳和莫塔跑了,便这样回答。

"好吧,你先帮莫塔松绑,让她去抓贼吧!"

金老太听到了小铭阳的表态,便点了点头表示同意,并示意小矮人们把莫塔松开。

"大王,你委屈一下,我会尽快回来的。"

急于抓贼的莫塔向小铭阳打了个招呼后,赶紧前往西瓜田附近守候,希望能以最快的速度把偷西瓜的贼给抓住。

此时的小铭阳虽然被绑,内心却不再那样沉重,他坚信莫塔会把偷西瓜的那些贼抓回来的。想到这儿,小铭阳看到已降临的夜幕,以及那轮悬挂在高空中的月亮,原本有点烦躁的心宁静了很多。他闭上眼,很快地进入了梦乡。

"快起来,干活了!"

小铭阳突然被一阵大声的嚷嚷叫醒了。他揉了揉眼睛,一看天蒙蒙亮。只见有六个中年妇女模样的小矮人手拿弓箭对准了他,而一个叫金乡的拿着木桶的中年女矮人过去帮他松绑。

"跟我们一起干活吧!"

金乡对小铭阳说了一声后,拿着木桶带路,而其他六位拿着弓箭的女矮人则随后,防止他逃跑。

走过了木桥,来到小河岸边,金乡对小铭阳温和地说:"最近我们地区很长一段时间不下雨了,田里的秧苗快要干死了。我们现在还无法确认你们是不是小偷,但你们是巨人就很了不起,力气大,可以帮我们把小河里的水舀到水田进行灌溉。"

小铭阳仔细往秧田里一看,泥土快要干裂了,有些秧苗已有点枯黄。再转身望一下小河,小河中的水也不多了,只有平时最高水位的三分之一。

"快点下河舀水,不老实的话,我们要射击了。"

有一个拿着弓箭的小矮人一边装出要射击的样子,一边凶巴巴地对小铭阳说。

小铭阳表现出很温顺的样子,拿着金乡递过来的木桶跳进了小河,但心里在想:别看你们拿着弓箭,根本不是我的对手,只是我想帮你们才不反抗的。到了小河里,小铭阳才发现,水位才到他的膝盖,于是,弯腰开始舀水,倒入秧田。用这种原始的方式进行灌溉,虽然有趣,但时间长了就感到枯燥,身体也有点腰酸背疼。好在那三片长方形的田地对小矮人来说很大,但对于小铭阳来说不算什么,不到半天的时间就灌溉好了。

看到田里的水已灌溉完毕,在一旁拿着弓箭监管的小矮人们笑得合不拢嘴。

"你太能干了,我们很需要你这样勤奋的巨人。"金乡抑制不住内心的喜悦,竖起了大拇指对着小铭阳称赞说。

听到表扬声,小铭阳感到自己付出的辛勤劳动是值得的,心里也舒畅了很多。

"偷西瓜的人抓到了,大家快来看呀!"

小矮人循声望去,发现西瓜田那个方向来了两个人,一个是女巨人,一个是男矮人。

"那个小偷长得像金老太的大儿子,金叶。"

第十七章 误闯"女儿国"

拿着弓箭的女矮人们交头接耳窃窃私语,收起了手中的弓箭。

"对不起,我们误会你们了,让你们受委屈了!"

金乡走到小铭阳面前鞠了一个躬表示道歉,同时,命令拿着弓箭的小矮人先回家。

"大王,我终于抓到偷西瓜的贼了,人赃俱获。"

莫塔一边指着那个小矮人金叶背上箩筐中的三个西瓜,一边兴奋地对小铭阳讲述了经过。昨天晚上莫塔在西瓜田里守候了一夜未见一个人影,心里非常着急,她希望早一点把偷西瓜的贼给抓来,以还他们清白,直到今天上午太阳高高升起时,金叶来了。他走到西瓜田看到没人,吃了一个西瓜还打了一个盹,之后就偷了几个大西瓜放到自己的箩筐里,被卧在树林里观察的莫塔逮个正着。

"哈哈哈!你还是很能干的,人赃俱获!"小铭阳边笑着边夸奖着莫塔。

第十八章
加入防守团

当莫塔一行押着偷瓜贼来到金老太门前时,闻讯赶来的人们已挤满了操场。

"那不是已经去了防守团的金叶吗?他怎么又成偷瓜贼了呢?"

"背筐里确实有几个大西瓜啊!"

"他怎么去帮别人偷自家的西瓜呢?"

人群中不断传出了疑问声。

金老太看到大儿子和西瓜,气得脸一阵红一阵白,指着金叶的鼻子骂道:"你这个不争气的孩子,你不是去防守团了吗?怎么一下子变成家贼了呢?"

"妈,你慢慢听我解释。"金叶红着脸,抬头看着金老太,想解释。

"人赃俱获了,看你如何解释!"

金叶看到身边有这么多人在看自己笑话,难过极了,眼泪不由得顺着脸颊流下,他开始叙述了自己的故事。

原来金老太的村庄有一个传统,只要是男性都要加入驻守在

第十八章　加入防守团

村外的防守团，主要任务是防止外来强盗或其他地区的小矮人入侵。但最近几十年来，太平盛世，从未出现过外人入侵事件。所以现在防守团的任务一边是自己劳作生产粮食，自给自足；一边是练兵，保卫家园。可等到这一批新兵加入防守团后，风气就变坏了，他们好吃懒做，不但没有勤学苦练本领，连最基本的生产劳动也懒得做。这不，自己没种西瓜，天气热了就想去偷西瓜。哪里去偷呢？金叶为了讨好防守团团长金大明，居然打起了自家西瓜的主意。

"原来是这样呀，我们把自家的男人送到防守团，却得到这样的结果！"

"这样松散的防守团如何打仗呢？"

"连西瓜都不肯种，防守团解散算了！

女矮人们开始你一句我一句地议论开了。

"刚开始我也不愿意，但金团长太凶了，谁不给他提供好吃的就打谁，所以我是被迫的！"金叶说着说着就哭起来，而且还泣不成声，做出可怜的样子。

"真是一个没有用的东西！"金老太大声骂了一声后，拱手对围观的人群说："各位父老乡亲，对不住大家了，是我对儿子管教不严，大家回去吧。"

大家散后，金老太再次转身面向小铭阳和莫塔鞠了一躬道："我冤枉你们啦！实在对不起！"

"没关系，您也不是故意的。"小铭阳回答道。

"不知该问不该问，你们是从哪里来的？"

小铭阳简要地向她叙述了一遍来到小人国的经过。

"您为何不早说，原来是白脸小矮人和黑脸小矮人国的大王啊！请允许我的全家向您跪拜。"

当金老太想要跪拜时,小铭阳连忙阻止了,说:"我又不是你们的大王,免礼!"

接着,金老太把自己的孙女金苗苗、儿媳妇金大妹介绍给小铭阳,并提出一个请求:"您是巨人,法力无边,能否请您整治一下防守团,以防他们来骚扰本村的百姓。"

小铭阳见金老太确有诚意,且防守团扰民严重,便点头表示同意。

金老太为了表达对小铭阳、莫塔的敬意,特地为他们准备了丰盛的晚餐。他们用木制的器具盛米饭,用葡萄、桃子、梨等水果作为美食,但没有肉。

"金村长,不好意思问一下,你们从来不吃肉吗?"

小铭阳看到这座村庄文明程度与地球接近,但菜桌上没有任何荤菜,便好奇地问道。

"尽管我们村有马、牛、鸡等动物,但我们习惯于用它们所长,如用马来驮东西,用牛来耕田,用鸡来啄虫。并且我们不会去杀害飞鸟与鱼。我们虽勤于劳作,但从不奢望吃肉食,所以我们与动物、植物和谐相处,不会为了满足自己的私欲而相互厮杀。但出现防守团这样的懒惰群体,实在是我们的羞耻,不知是什么原因造成这个现象,所以还劳驾您去帮我们改变一下这种现象吧。"

金老太看到小铭阳探听他们不吃肉食的原因,便一五一十地把缘故告诉了他,并希望来自星外的地球人知道,小人国也有自身的文明。

"莫塔,您为什么什么都不吃,连甜甜的西瓜、葡萄也不碰一下啊?"

金苗苗观察到莫塔与众不同,什么食物都没有碰,而是静静地微笑地看着大家，于是好奇地跑过来问她。

"因为我是智能机器人啊！"莫塔直爽地回答说。

"什么是智能机器人呀？"金苗苗眨眨好奇的眼睛问道。

"这是一个秘密，以后你慢慢会知道的。"

莫塔对金苗苗做了一个鬼脸后说道。

就这样，小铭阳、莫塔与当地村民愉快地相聚、交流着，时间在不经意间悄悄地流逝。

夜幕开始降临了，皎洁的月亮又爬上了天空。抬头仰望天空，小铭阳发现闪烁的星星似乎在向他招手，勾起了他和莫塔对黑脸和白脸小矮人国的美好回忆，不知不觉他们进入了甜甜的梦乡。

清晨，红彤彤的太阳从东方冉冉升起，晨光照射到树叶和小草上的露珠，显得亮晶晶的。小河两旁的柳树迎着晨风，弯着腰，好像在与小铭阳、莫塔打招呼。

小铭阳、莫塔跟着金叶越过木桥，走过田野，向防守团的方向前进。

翻过一个大土丘后，他们来到一条很宽的道路上，两旁是树木和果林，再往下走就看到一个用木头墙做成的大茅草屋，里面足可以容纳三四十个小矮人。

"金叶这小子，怎么到现在还没有回来，是不是逃跑了！"

小铭阳循着声音，发现一个胖胖的、满脸胡子的小矮人坐在门口石凳子上一边啃着剩下的西瓜，一边自言自语。再往地上看，还有一堆散落的黑色瓜籽。

"金团长，我回来啦！"

"你怎么现在才回来呀？等一下再关禁闭半天，不让你吃饭，不给你自由！"气急败坏的金团长咧着嘴，对着刚回来的金叶骂道。

"这是谁啊？说话一点礼貌都没有！"莫塔看着那个胖矮人问金叶。

"哇！金叶，这些天兵天将不会是你带来的吧？"

看到两个巨人从天而降，胆战心惊的金团长赶紧往茅草屋里跑，可他肥胖的身体却怎么也跑不快，跟跟跄跄地在高高的门槛上摔了一跤。

"救命啊！天兵天将来了！"

听到金团长惊慌的喊叫声，十几个男矮人士兵不知道发生了什么大事，乱成一团，分成四群躲进房子的四个角落里瑟瑟发抖。

"哈哈哈！想不到，平时凶狠的金团长也有害怕的时候。"

金叶看到平时作威作福的金团长狼狈逃窜的样子，情不自禁地仰天大笑。

"不要躲，不要怕，我们是来帮助你们的。"莫塔把头伸进屋内对里面的士兵轻声安慰道。

"哈哈哈！哈哈哈！哈哈哈！"

金叶看到里面的战友东躲西藏的样子，不由自主地大笑起来。

说来也奇怪，看到金叶笑得前仰后合，士兵们全部转身看着他，站了起来，不再害怕了。

"金叶兄弟，你为什么不害怕这两个巨人，难道他们是你的朋友？"

一个名叫金小小的胆大士兵看了看小铭阳、莫塔后，又看了看金叶，壮了壮胆，仰起脖子问道。

"他们是来帮助我们的。"

听到金叶的解释，再一看两个巨人和善的脸，士兵们纷纷从屋里走了出来，来到了操场上，而金团长也紧跟其后，但已没有

第十八章　加入防守团

了往日的威风。

小铭阳看到他们自由散漫、萎靡不振的样子，心想：如果有外来者入侵，他们无法承担起保卫村庄的责任。何况他们还干一些偷鸡摸狗的勾当，现在看来亟须整治一下。于是，小铭阳叫所有的小矮人在屋前的操场上集合，进行训话。

"稍息，立正，向右看齐，开始报数！"

小铭阳以前喜欢学军队用语，现在终于可以派上用场了。

"1、2、3、4、5、6、7、8、9、10、11、12、13、14、15、16、17、18、19。"

"稍息！从今天开始，你们要像其他军队一样有组织有纪律，要服从指挥。我临时做你们的团长，你们可以叫我铭团长，之前的团长金大明降为普通士兵，现在宣布三个规定：一是不能去偷窃任何东西；二是自己的粮食自己解决；三是刻苦训练，做一名能抵御外敌侵略的好士兵。"

"铭团长，如果我们渴了、饿了，怎么办啊？"

看到金小小随意问话，从小爱看军旅小说的小铭阳生气地说："在防守团，士兵向团长问话时需要喊'报告'，你知道吗？"

"是，报告团长，我以后一定注意！"

金小小看到这个新团长的认真劲，马上立正回答说。

"士兵们，渴了、饿了，怎么办？我们有强壮的身体啊，可以自己去种粮食、收割粮食，绝不允许去抢或偷。"小铭阳针对金小小的问话，继续作了耐心的解释。

"报告团长，可我们是士兵，如果自己去解决粮食，那训练怎么办？"

"我们可以早晚训练，白天耕种！"

针对其他士兵的疑问，刚上任的小铭阳团长也一一作了解释。

第十九章
整顿军纪

黄脸小矮人所在地区的十月，仍然是属于夏末。午后的太阳散发出强烈的光芒，一些高大的树无精打采地垂下枝条，树上的蝉也在有气无力地叫着，似乎也受不了炎热的天气。

站在屋前操场中的小铭阳用右手轻轻擦了一下额头上的汗珠，抬头看了一下蔚蓝的天空中飘着的云朵，它们形态各异，像海里翻滚着的银色浪花一样美丽。酷热的天气无法阻挡小铭阳熟悉周围环境的决心，他带着莫塔、金叶和金小小查看了果林，发现解渴的果子的确不多，梨树上的果子还未成熟已被采摘一空，只剩下一片片孤独的树叶。葡萄树上的熟葡萄已被摘光，只剩下生硬的还在成长的小葡萄。唯有桃子树上还挂满小桃子，由于属于晚桃，还在生长着，非常硬，吃起来还有点酸。

"你们没有西瓜田吗？"

"报告团长，我们的西瓜种在土丘上，而不是山下田地中，由于今年干旱时间长，大大影响了收成，所以我们才动邪念去偷自家的西瓜。"金叶听到铭团长的问话便回答说。

"那你为什么要主动偷自家的西瓜呢？"小铭阳又问道。

"报告！我是被迫的，而且偷自家的西瓜安全，就是被抓了，亲人也不会打我，最多骂我是一个吃里爬外的人。"金叶回答时不好意思地低下了头。

"那你们为什么不去灌溉土丘上的西瓜地呢?"

"报告！由于近百年来没有入侵事件发生，金大明就带头睡懒觉，不劳作，所以没有人去灌溉。"金小小不敢隐瞒地说出了实话。

"那水从哪里来呀?"好奇心驱使莫塔向士兵问了一声。

"报告！我们屋前有一口井，由于今年天气热，所以井水也不多了。而河水离我们比较远，要走半个小时才能到，那是一条特殊的河。"金小小麻利地回答说。

"再远的河，我们也要去看看。"

小铭阳一边与士兵们交流，一边叫他们带路前往那条特殊的河。

穿过一片有树木的土丘后，他们发现有一幢废弃的百年木质古屋，屋子前面有一个圆形大操场。操场前面便是一览无余的一大片低洼田地，但都荒芜着，田地中的泥土已有裂纹，所有杂草都已有点干枯。低洼田地前面是一条流入长江的弯弯曲曲的大河，而靠河的低洼地呈凹型，两边是陡峭的土山坡，因此，便是对岸入侵者理想的登陆地。为此，上百年来，生存在这片地区的黄脸小矮人便在这儿构筑防守工事，成立由男矮人组成的防守团，在这儿扎营，建立了前哨营地，以保卫后方的家园。

"这儿是被废弃的前哨营地，也是最理想的驻守地，可你们现在搬到后方去了，对岸的人来入侵，你们无法第一时间发现啊?"

小铭阳观察这儿的地形后，惊讶地问金叶和金小小。

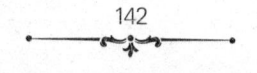

第十九章 整顿军纪

"报告,那是两年前,我们原守卫团金团长嫌这儿天气热,刮风下雨时风雨又大,就把它搬到我们现在的驻地去了。"

"擅自逃离第一防线是不可原谅的罪行,我将会严肃处理的。在这儿,我们需要建立第一个防线。"听到金叶的解释,小铭阳生气地回答道。

面对懒散的防守团,如何有效整治,小铭阳自己也是脑中一片空白,束手无策。但聪明的他知道,任何知识和技能都是可以学习的。他身边的机器人莫塔就是现成的百科全书,因为她储存着各个时代的军事知识。于是,小铭阳不断地请教身边的莫塔,请她为自己出谋划策。

返回山丘营地后,小铭阳命令所有士兵把武器和其他必备物品迅速搬回到前哨营地。这回,所有的士兵都忙开了,冒着炎热的天气来回奔跑,嘴里还不断地抱怨说:"早知今日,何必当初。"

忙了两天一夜后,第三天清晨,天刚蒙蒙亮,小铭阳就命令大家到前哨营地的操场集合。士兵们听到起床号后,还习惯性地躺在床上伸着懒腰,慢吞吞地起身。等队伍集合时,太阳那红彤彤的脸已从东方露了出来,一缕红色的晨光照射着士兵们的脸。他们眯缝着眼睛似乎还在梦游。

"稍息,立正,报数!"小铭阳在常规的队伍集合后开始在前哨营进行第一次军纪整顿。

"我宣布,鉴于原防守团金团长金大明擅自把营地从第一防线撤到第二防线,使我团在防守上严重处于被动和危险境地,我作出决定,对其当众罚打十军棍,并开除出防守团,让他在防守团自留地中务农。"

小铭阳命令一下,金小小就拿着军棍对着金大明一阵猛打。

星外小人国奇遇记

第十九章 整顿军纪

士兵们睁大眼睛目睹了全过程。刚开始金大明还能挺住，后来就像胖猪的一样嗷嗷大叫。

看到违纪的金大明被严惩，其他士兵懒散的心马上被收了回来，一改往日拖沓的习惯，面貌就此焕然一新。从此，士兵就养成了一早跟铭团长练拳术的习惯，学会了马步、弓步、虚步等基本功后，便训练擒拿格斗技能。上午是箭术训练，士兵们被要求人人都要准确射靶，十箭中有一箭脱靶就要罚射十次。

有一次，金叶脱靶了。无奈的他在烈日下一边擦着汗水一边一箭箭补射，当射到第九次时，他求小铭阳说："铭团长，我实在太累了，能否下午补射？"

"我问你，如果敌人打进来了，你是否可以与敌军商量说'等我学会射箭后再侵略我们'？"

听到小铭阳的话，金叶羞愧地低下了头，回答说："我错了，只有自身功夫硬，才能不怕被侵略。"

"说得好！我们给他鼓劲，加油！"

金叶深吸了一口气后，勇敢地站了起来，不知哪来的力气，一箭射中靶心。

在旁观看的士兵，对金叶的勇气和毅力给予了热烈的掌声。

从此，在小铭阳的从严治理下，士兵们士气大振，一鼓作气，练就了一个士兵应有的基本素质。

"我们能否制作一个小矮人眼中的'大弓箭'？"

"为什么？"听到莫塔这么一问，小铭阳不知道她的想法，便问道。

"'大弓箭'可以威慑敌人啊！我们是巨人，可以制作弩车呀！"

莫塔连忙把自己的想法说给小铭阳听。

"你能解释一下什么是弩车吗？"

于是，莫塔给小铭阳作了简单的介绍。

弩车是古代的重型攻击武器，弩车上有个机匣，可以安放七八支弩箭，自动上膛，类似于机枪，但射速低，不利于携带。然而它能通过巨型弩弓弹射巨箭攻击敌群。弩车历史很久远了，至少在中国的秦汉时期就已经有了。

"太好了！你也帮我们防守团制作一辆弩车吧。"

莫塔点头答应，经过一周的挑灯夜战，一辆崭新的弩车便呈现在大家面前。

士兵们看到这个怪物，瞠目结舌，啧啧称奇。金叶看这个神秘武器太庞大，自己踮着脚也看不清顶部，只好叠起两个高凳子后站在上面，才见到庐山真面目。

"哇！好大的弓箭啊！能让我们见识一下这个大弓箭的威力吗？"

莫塔点头答应了。只见她拿起身边准备的三支箭放到弩车机匣上，转动机关，瞄准前方二百米的一棵樟树，只听到"嗖嗖嗖"，三支弩箭便呼啸而出，射向那樟树。金小小赶紧跑向那棵樟树，查看了一下后大喊道："三支箭不仅全部射中树干，而且穿透力特强，几乎把树干射穿了。"

观看的士兵听到这个好消息后，兴奋地欢呼道："我们有巨人、有神器，敌军必败！"

小铭阳看到弩车的威力，心想：中国古代人的确很有智慧。

"我们现在把弩车放到前哨营的制高点上，一旦有入侵者，就让他们尝尝这个神器的厉害。现在请金小小来看管这辆车。"

"遵命！我坚决执行任务！"

金小小看到铭团长把珍贵的神器交给他来保管，表明对他极

第十九章 整顿军纪

为信任,为此,他下决心用自己的生命来保护它。

为了建立有效的防御系统,小铭阳不但在前哨营构筑了很多军事工程,还准备建立三条防线。前哨营为第一防线,山丘营为第二防线,"女儿村"为第三防线,并建立了通信联络组,还为他们配备了战马,便于联络。

在小铭阳和莫塔的努力下,防守团已整顿完毕走上正轨,其战斗力明显提高。走在前哨营下面低洼处的田埂上,他们发现田地里长满了杂草,完全荒芜被弃用。莫塔便说:"根据我储存的农耕知识,夏天也可以播种晚稻,晚秋也可以收割。"

听了莫塔的话,小铭阳精神一振,便说道:"这些田地应该马上开垦耕种,附近就是大河,灌溉田地也方便。"

说干就干,在小铭阳的组织下,士兵们利用河边的水灌溉水田,并借用水牛犁田后从附近"女儿村"借来秧苗,这样等到秋天就可以收割了。

士兵们在劳作中发现,原来灌溉、犁田、插秧等劳动虽然艰辛,但由于对收获充满着期待,内心也变得快乐了。更何况,在不断的劳作中自己会慢慢地变得勤劳,变得有活力,从而使平时死气沉沉的团风变得生机勃勃。

忙碌中的人们,心里是充实的,脸上是喜悦的,因为辛勤的耕耘必有甜甜的回报。

三个月一晃就过去了。小铭阳走在水稻田的田埂上,稻香味扑鼻而来。一大片由翠绿变成金黄的水稻,在微风的吹拂下,有节奏地波动着,好像孩子在愉快地荡秋千。

休息中的士兵在田埂上来回高兴地奔跑着,看到沉甸甸的谷穗压弯了腰,畅想着金黄色的稻谷快要成熟了,他们的内心充满着喜悦。

"这一大片稻谷够我们一年吃的,我们再也不必为饥饿去做偷鸡摸狗的事了!"

"是啊!粮食多了,我们还可以送给自己的父老乡亲呢!"

"我们现在的粮食能自给自足,多亏了铭团长和智多星莫塔。"

"我们的防守团不再是一盘散沙,经过刻苦训练已能以一当十。"

士兵们纷纷议论着,每一句话都充满着朝气,脸上都荡漾着微笑,似乎一个崭新的世界展现在他们眼前。他们伸开双臂,在迎接美好的未来。

第二十章
机智阻止入侵

"咚、咚、咚……"

听到前哨营发出敌人来犯的急促鼓声,小铭阳抬头朝大河方向看了一下,黑压压一片,有很多艘战船从对岸往这边驶来。

小铭阳、莫塔率先跑步到达了前哨营,陆续赶来的士兵在操场上整齐地列着队。

"来犯的敌人有上百人,我们只有十八人,怎么办?"

"怕什么?人多有什么用,我们有两个巨人和一个'大弓箭'呢!"

看到一些士兵神色慌张地议论着,小铭阳沉住气,不慌不忙地说:"敌人来犯是给我们一显身手的机会。他们人多,但我们有巨人和'大弓箭'以及勇敢的士兵,可以以一抵十。大家有没有信心?"

"有!"

当看到主帅铭团长充满信心的脸庞,士兵们紧张的情绪缓和了很多,自信地回答道。

"如何抵挡来犯的敌人呢?"小铭阳开始听取大家的退兵

之计。

"我们可以把自己隐藏在水稻中，等敌人上岸时出其不意地攻击他们。"听到金小小的主意，小铭阳摇摇头。

"我们可以用'大弓箭'先来个下马威，未等他们上岸就射击。"

小铭阳又摇摇头，"敌人人多，我们箭少，不到万不得已不要使用。"

"这也不行，那也不行，那我们该怎么办？"

士兵听到主帅这么说，六神无主地你看看我，我看看你。

"我有一计可以退敌。"

只见莫塔快速走到小铭阳跟前说道。看到那些士兵伸长着脖子竖着耳朵的模样，她又继续说道："古人说得好'射人先射马，擒贼先擒王'，我先把敌人主帅抓过来，敌人就会不攻自破。"

"好主意，也很勇敢，但如何去擒敌人主帅呢？"

当小铭阳说到这儿时，士兵们从喜出望外变成了面面相觑。

"等我的好消息吧！"

莫塔话音刚落，大家只听到"噗噗"的展翅声，她像鸟儿一样展翅向敌人方向飞去。

士兵们怀着忐忑不安的心情，半信半疑地望着远去的莫塔，心想：敌人这么多，她能轻易抓到敌人主帅吗？

勇敢的莫塔带着小铭阳和士兵的期待以及和平的重任，使劲地向敌人飞去。借着风，一下子就飞到敌军的上空。在战船上面的上百名士兵从未见过比雄鹰大几倍的"鸟儿"发出"嗡嗡"的声音在高空转圈飞翔，都感到特别害怕，吓得腿直发软。原以为转了几圈的"大鸟"会飞走，可她却一直在上空盘旋着，似乎在寻找什么猎物。战船上的敌人开始乱了阵脚，想返回自己岸上。

但这时一艘战船响起了战鼓,莫塔俯视下方发现,有一艘小的战船上有一个披甲戴盔的将军坐在椅子上,一个战鼓手在彩旗下不断地击打战鼓。而在这艘将军战船的两边各有一排战船,每排五艘。莫塔在高空清晰地看到每艘战船有十人,她心里一计算,十艘战船,每船十人,正好一百名士兵,心想:在飘扬的彩旗下穿盔甲的那个人肯定是将军,他在指挥着所有的战船,我必须马上把他抓走,早日结束战争。

说时迟那时快,莫塔挥动着翅膀瞄准将军就直接俯冲下去。那将军正把注意力放在指挥战船上,还未等他反应过来就被俯冲下来的莫塔抓住了双臂,像老鹰抓小鸡一样轻轻地抓起来,向小铭阳飞去。

一看自己的将军被长着翅膀的巨人抓走了,惊慌失措的敌人连忙掉转战船,乱成一团,往自己领土的方向逃窜。

小铭阳和士兵看到莫塔成功地擒到敌军主帅,便喜出望外,激动地大喊道:"好样的,莫塔。"

莫塔缓慢地从高空滑翔降落,把敌军主帅放在小铭阳面前。

这位胖胖的主帅抬头仰视了一下小铭阳,一看是个巨人,以为是天兵天将,吓得魂飞魄散,连声喊道:"饶命啊,天神大哥!"

"我不是天神,是这儿防守团的团长。只要你如实回答为什么要侵略我们,我可饶你。"

主帅听到小铭阳是这儿的头领时就放下心来,跪着回答道:"我叫宋满天,是对岸守军的主帅。因为我们这儿人口在增多,听闻你们这儿粮食充足,想来抢夺粮食,掠取一些土地。"

"你转过身来,看看我军的士气。"小铭阳还未把话说完,防守团的士兵就整齐地列着队,拿着弓箭,气宇轩昂地喊道:"我

星外小人国奇遇记

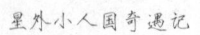

军必胜，我军必胜！"

听到防守团士兵震耳欲聋的喊声，看到他们士气高昂，宋满天认识到自己的路走错了，不该去侵略别人。

"你再来看看我们的'大弓箭'。"

宋满天抬头仰望那辆高大的弩车，只见那个抓他的女巨人转动了一下机关，就听见"嗖嗖嗖"，几支带风的弩箭准确地射向那棵樟树。

见到这惊人的一幕，宋满天傻了，浑身发抖，心想：幸亏还未交战自己就被抓了，否则会死伤无数，惨败而归。

"我们甚是愚蠢，有眼无珠，不知天高地厚地来跟贵军交战，真是自投罗网，请您高抬贵手放我一条生路吧，我回去后一定安分守己，永不交战。"

小铭阳看到宋满天在强大的心理攻势下败下阵来，并确有悔意，便说道："空口无凭，应留下证物表达诚意。"

"这是我的主帅大印，留给你们，回去后我将辞去职务，回归乡村，安分守己，并带头去开垦荒地，不再涉足战事。"宋满天一边说着一边把帅印交给小铭阳。

小铭阳收了帅印，看到宋满天真心悔过，便叫莫塔送他回到战船。莫塔二话没说，再次挥动着翅膀把他送到船上。

果然，宋满天一回到战船马上命令士兵返回自己领土，并遵守自己的诺言，不再侵犯别人。

小铭阳治军有方，率军种粮，在敌众我寡的情况下兵不血刃地阻止了敌人来犯的消息传遍了"女儿村"，于是，金老太便带领乡亲们拿着好酒和美味的食物来犒劳他们。此时，在这黄脸小矮人的土地上弥漫着喜庆的气氛，小铭阳也被他们立为了大王。

第二十一章
返回家园后传播古老文明

行走在黄脸小人国土地上的小铭阳，沐浴着初春和煦的阳光，迎着温柔的春风，看到路旁的树木吐出点点嫩芽，田间小草也开始发芽了，万物复苏，一片生机，这才顿感岁月匆匆。到黄脸小矮人的土地上也没让他放弃回地球家园的初衷，虽然在这里他学会了如何与弱势群体相处，并学会愉快地生活。

看到这片平和、繁荣的土地，小铭阳就想到白脸小矮人和黑脸小矮人还未学会播种，于是，他对莫塔说道："我们应该把这儿的农耕文明传授给那些黑脸小矮人和白脸小矮人，也让他们过上稳定而温饱的生活，春天正是播种的季节，你觉得呢？"

"你说得对，你是他们的大王啊，应该帮助他们学会播种。"

听到莫塔这么回答，小铭阳心想：是啊！我是他们的大王，一定要在返回地球家园前把这些传授给他们，让他们不再受到饥饿的折磨。

想到这儿，小铭阳决心已定。他将防守团团长的职务授予了金叶，并向金老太等乡亲们告别。当黄脸小矮人知道他们的大王想把农耕文明传授给黑脸小矮人、白脸小矮人时，脸上都流露出了对他的敬仰之情，因为这是一种大爱，超越了家庭、地域、人种，让更多人能够分享播种带来的快乐和财富。黄脸小矮人流着泪，依依不舍地向小铭阳和莫塔告别，望着他们远去的身影，内心深处不断地为他们的未来祝福。

就这样，小铭阳和莫塔带着黄脸小矮人的祝福，返回到白脸小矮人和黑脸小矮人所住的土地，把水稻播种、栽树和其他播种知识和技能手把手地传授给他们，引导他们在自己的土地上种上合适的粮食，使他们把精力和心思用在创造物质财富上，远离纷争带来的烦恼。

完成了播种技能的传授后，时间一晃又来到了收获的秋天。带着兴奋和期待，小铭阳和莫塔又来到当初登陆的海滩，想看看原来乘坐的"会飞的秋千船"是否还在那里。

"哇！我们的船还在那儿！"

远远看见自己上次乘坐的被乌云黑洞卷进去的"会飞的秋千船"依旧搁浅在海滩上，小铭阳情不自禁地大喊道。走近一看，船只就像昨天用过的一样，既没有变旧，也没有被风浪损坏。他眺望大海，发现风平浪静，并能听到海鸟的吟唱。它们时而倾斜着身子贴着水面掠过，时而张开有力的翅膀飞翔在布满霞光的天空。

"莫塔，快过来，上船喽！"

好奇的小铭阳一边叫莫塔坐船，一边走进了"会飞的秋千船"的驾驶室。等莫塔坐进船，他习惯地按了一下船头的按钮，"会飞的秋千船"就像休整了一夜的人一样恢复了元气，飘了起来，浮在海滩的上空。

"船又有电能了，可以荡秋千了！"小铭阳对莫塔说道。

"是啊，好奇怪呀，它像新的船一样，动能很强啊！"

星外小人国奇遇记

第二十一章 返回家园后传播古老文明

"看,天空中有很多彩云飞过来了。"莫塔指着天空对小铭阳说道。

小铭阳本能地抬头一看,原来在蓝色天空中飘浮着一片片雪白的云朵,它们在夕阳的辉映下很快呈现出五彩缤纷的颜色,煞是好看,像在微笑着向自己打招呼。一会儿工夫,一大片快速飘浮的彩云像一块彩色的画布一样遮住了天空。

"是不是又有黑洞啊?"在"会飞的秋千船"上,小铭阳无心享受船儿晃动带来的惬意,看着莫塔紧张地问道。

"没有啊!我只看到红、黄、蓝三色的大片彩云。"

莫塔话音刚落,小铭阳抬头一看,只见大片的彩云在飞速地旋转,形成了一个呈S形的梦幻般的彩云洞,摇晃的船儿突然不动了。

这时,小铭阳心里突然兴奋起来,心想:彩云洞也许就是我们回家的通道。我们可以很快与自己亲爱的父母和思念的老师、同学见面了。再往海滩一看,心里又突然产生一丝莫名的依依不舍,小铭阳对这片土地不再有原来那种陌生感和恐惧感,他想去与可爱的小矮人们道个别。

还未等小铭阳细想,他就发现自己与莫塔以及整个船儿正在被彩光包围,舒服极了。这时,小铭阳突然感到思维和时间都停止了,他就像断线了的风筝一样在随风飞。

小铭阳恢复意识时,发现自己做梦般地出现在圆形玻璃房边上的荷叶池上空,他坐着"会飞的秋千船"正在荡秋千呢。他赶紧把船停靠岸边,拉着莫塔的手走出来,奔向自己的家。

"铭儿,你去了哪儿,我们都在找你呢!我们都快要急死了!"

当小铭阳带着莫塔回到家时,妈妈先和他拥抱了一下,然后睁大眼睛问道。

小铭阳便把自己被乌云黑洞卷到星外小人国的经过认真地叙述一遍，而他的父母则在一旁将信将疑地听着。

"铭儿，你不会是在说胡话吧，你在小人国待了一年，可你失踪却只有一天啊！"小铭阳的妈妈如实地把心里话说了出来。

"真的，真的，我没有说胡话，莫塔可以做证呀！"

听到儿子着急地辩解，小铭阳的父亲心平气和地说："我们团队发明制造的最先进的智能机器人是不会说谎的，让她来叙述一遍吧！也许你讲的乌云黑洞就是能穿越时空的'虫洞'。"

果然，莫塔叙述的小人国经历与小铭阳描述的一模一样，而且一些细节讲得更加形象生动，就像刚经历过一样。

"神话书中常说'天上一天，地上一年'；看来你和莫塔的小人国经历是'地球一天，小人国一年'啊！"

"爸爸、妈妈，现在离上午下课还有一个多小时，我还要参加视频直播教学课呢！"

"小铭阳，你缺课一天，去了哪里？"

课中的圆形显示屏上，艾丽老师正生气地责问小铭阳。

"报告老师，我去了'小人国'，这不，我才赶回来！"

"你又说谎了，你应该说真话！"

艾丽老师严肃的表情出现在屏幕上，似乎对小铭阳的"谎言"表现得很生气。

"老师，我真的没有说谎！我可以用人格担保！"

"好啊！那你说说这一天你是如何在小人国度过的？"

艾丽老师眯缝着眼，想听听小铭阳如何自圆其说。

于是，小铭阳非常认真地把自己在小人国的经历简要地叙述了一遍。

"我想，你逃课的一天是在看小人国的小说吧，不过，我对你的叙述很感兴趣，你能否具体描述一下你在小人国中做了哪些事？"

于是，小铭阳润了润自己的嗓子，娓娓讲述自己是如何在荷叶池塘玩耍时被乌云黑洞卷入星外小人国的……

"那你现在如何看待农耕文化？"听了小铭阳的传奇经历后，艾丽老师用半信半疑的眼神看着他，想用这句话来验证一下他是否真的认识到古文明的价值。

"很有用，它是古老人类赖以生存的前提，正是农耕文化的传播不断推动着我们社会的进步，才有了我们今天的智能机器人时代。而且整个宇宙中有多个世界，因此，每个世界的时空也是多维的。任何时代的文明，在超越的时空中可能会被应用，也许以往的地球古文明可以帮助更多的其他星外人类。"

"哇！士别一日真当刮目相看呀！"

艾丽老师想不到只过了一天，小铭阳已改变了原先对古文明的偏见，便情不自禁地赞扬了小铭阳的进步。此时，艾丽老师也想到莫塔，心想：她与小铭阳形影不离，如果她一直未离开小铭阳，那大家就可以揭开小铭阳奇妙的一日小人国之旅的神秘面纱。

"小铭阳，你的仿真机器人莫塔一直陪伴着你吗？"艾丽老师试探地问道。

"是的，正是她传授我古文明的必备知识和技能，才使我在小人国的原始社会中，生存下来。"小铭阳如实地回答说。

"太棒了！你的仿真智能机器人莫塔脑中有一个芯片，可以录制一个月的影像，让你的爸爸把它取下来播放，让我们一起来重温那段奇妙的旅程吧！"

"好的,我马上去。"

听到艾丽老师的提议,小铭阳感到这是一个好主意,通过观看录像,这段奇妙、鲜活的经历可以搬上屏幕,让更多的同伴分享,并从中受益。

课后,当艾丽老师用一天的工夫看完这部现实版的"小人国奇遇记"之后,便截取整个录像的 21 个精彩片段,在显示屏幕上播放给学生观看,从而开展古文明教学。课后,艾丽老师还让小铭阳现身说法,谈古文明的精华及其作用、谈感悟、谈成长。小铭阳为增加感染力,还专门了写了一首歌《只要心中有梦》:

> 只要心中有梦,
> 便不怕在小人国里流浪;
> 是智能机器人,
> 让我重温原始文明,
> 拯救人质在星外异乡,
> 让我钻木取火驱群狼,
> 烈日下治水,
> 为收获五谷芬芳,
> 小矮人哟,
> 不再辘辘饥肠。
>
> 只要心中有梦,
> 无论山高水阔,
> 哪怕道阻且长,
> 我仍用稚嫩的翅膀,
> 飞向美丽的天堂,

第二十一章 美国家园与他们家乡的文化

冬天来临，
花谢花又开，
只愿心中有爱，
四处尽是美景。
我伴开双翼，
起飞腾挪。
说情未来，
翘不为道！
——善意无句
待将花为！

当小熊用在现有说到小人国的生活情境时，不禁就想起那些他曾经唱过了这首自编的歌曲。来亿了这个小人国春夏中的罪与善，美与丑，爱与名的其实情境，从那只只小朋想起他们了恩惠。化让土发生听得动的脚的，你的你哩。很多人人回答在我也知来在过在了等生他们的心中。看见，当长大到了人来每一次见过的脚印中，想那我其经花草，懂意我们是了嘴，无样果，无样无。

意外小人国奇遇记

著 者：陈少明
责任编辑：王 翩
封面设计：袁力坤

出版发行：上海社会科学院出版社
上海顺昌路 622 号 邮编 200025
电话总机 021-63315947 销售热线 021-53063735
http://www.sassp.cn E-mail: sassp@sassp.cn

排 版：南京理工出版信息技术有限公司
印 刷：上海華泰印刷有限公司
开 本：890 毫米×1240 毫米 1/16
印 张：5.25
字 数：123 千字
版 次：2020 年 3 月第 1 版 2020 年 3 月第 1 次印刷

ISBN 978-7-5520-3107-2/I·373 定价：32.00 元

版权所有 翻印必究

图书在版编目(CIP)数据

意外小人国奇遇记 / 陈少明著. — 上海：上海社会科学院出版社，2020
ISBN 978-7-5520-3107-2

Ⅰ. ①意… Ⅱ. ①陈… Ⅲ. ①幻想小说—中国—当代
Ⅳ. ①I247.5

中国版本图书馆 CIP 数据核字(2020)第 027029 号